KB041176

CONTENTS

사신소녀와 최후의 첫사랑

미즈시로 미즈키 지음 | **시온** 일러스트 | **박춘상** 옮김

Day before
: the death of me

그 녀석이 내 앞을 찾아온 때는 4월이 다 끝나가는 대학교 2학년 봄이었다. 떠나가는 겨울의 숨결이 느껴지는 것 같은 쌀쌀하고도 투명한 어느 밤이었다.

"안녕하세요. 하타노 케이 씨."

웬 밤공기처럼 차가운 목소리가 음식점 아르바이트를 마치고 돌아온 나에게 말을 걸었다.

"……."

나는 그 인사에 대답하지 않았다. 여덟 시간짜리 노동으로 심신이 지쳤기 때문은 아니었다. 내가 현재 자취하는 2층짜리 공동주택 1층, 101호실 문 앞에 서있는 그 인물이 낯설어서였다.

"어, 저기…… 미안. 누구더라?"

나는 이맛살을 찌푸리며 형광등이 비추는 상대의 모습을 물끄러미 쳐다봤다.

얼핏 보아하니 나이는 10대 중반에서 후반 정도. 키는 150센티미터 전반?

눈꼬리가 처져서 졸려 보이는 눈매에, 콧날은 가느다라며 입술은 색소가 옅고 얇다. 곧장 뻗은 검은 머리칼은 허리까지 내려오고, 하얗다기보다 창백한 피부는 너무 매끈해서 도자기나 플라스틱을 연상케 한다. 핏기가 거의 느껴지지 않는다.

마치 살아 있는 인간이 아니라 등신대(等身大) 인형을 앞에 둔 것 같은 기분이었다.

나를 꿰뚫어 보는 검은 눈동자가 유리 같은 무기질처럼 느껴졌다. 시종일관 무표정한 얼굴 역시 인간미가 전혀 느껴지질 않아서 본능적으로 공포심이 들었다.

"전……."

내 수상쩍다는 시선에 소녀가 입을 서서히 열었다.

그 목소리가 가냘프고 무지러질 것만 같아서 주변이 조용한데도 나는 귀를 세워 들었다.

"―『사신(死神)』입니다."

"으, 응?"

어떻게 반응해야 할지 난감했다. 머리색부터 몸이 걸친 원피스 색깔이며, 펌프스까지 온통 새카매서 확실히 그럴 듯한 느낌이 감돌긴 하지만.

농담인 줄 알았지만, 소녀의 표정은 여전히 담담했고 눈빛 역시 진지했다. 여러모로 위험한 녀석일지도 모르겠다. 나는 무심코 반걸음 물러섰다.

"오늘은 당신한테 전할 말이 있어서 찾아왔습니다. 하타노 씨……."

소녀가 반걸음 나에게로 다가왔다.

"당신의 최후에 관한 얘기입니다."

"최후?"

소녀가 "예" 하고 고개를 끄덕이고서 어디선가 검은 수첩을 꺼냈다. 표지에는 무늬도 없고 장식도 없었다. 그 또래의 여자애가 들고 다니기에는 약간 칙칙한 물건이었다.

"이 『사신 수첩』에 따르면……."

"사신 수첩?!"

옛날에 유행했던 소년 만화를 방불케 하는 그 아이템에 무심코 소리를 내고 말았다.

소녀가 수첩을 펼치면서 정중히 설명했다.

"예. 가까운 미래에, 구체적으로는 일주일 이내에 죽는 것으로 확정된 인간은 이 수첩에 이름과 나이, 성별, 주소, 사망시각과 장소 등 여러 정보가 실립니다. 우리 사신은 매일 그 내용을 확인하여 당사자의 영혼을 회수하러 가는 게 일이에요. 예를 들어……."

수첩을 넘기던 소녀의 손가락과 말이 멈췄다.

"머지않아 0시 28분 49초─『크로우카시스』라는 밴드에서 활약하는 보컬리스트 코바야카와 아야토 씨가 오토바이 운전 중에 나고야시(市) 나카구(區)의 어느 교차로에서 우회전한 트럭과 충돌하여 대략 한 시간 뒤인 1시 6분 27초에 실려 간 병원에서 사망합니다. 향년 31세군요……. 아시나요? 크로우카시스."

"아니, 난 모르는 밴드야. 유명한가?"

"……글쎄요. 난 모르겠습니다만, 만약에 유명한 분이라면 내일 화제에 오르겠죠. 머리 한구석에라도 이 내용을 담아주세요."

예언이라도 한 걸까? 초 단위까지 세세히 단언하다니 어지간히도 자신이 있는가 보다. 내가 미심쩍어하며 기억하자 소녀가 수첩을 또 넘겼다.

"하타노 케이 씨. 당신의 경우에는……."

소녀가 흐리멍덩한 눈으로 나를 힐끗 보고서 선고했다.

"5월 1일, 22시 50분 38초— 7일 뒤네요. 밤길을 가다가 무차별 살인마를 만나 칼에 찔려 사망한다고 하네요."

"……진짜?"

"진짜입니다."

소녀가 무표정하게 고개를 끄덕였다. 나는 뒤통수를 긁적이며 한숨을 내뱉었다.

"그래? 그거…… 충격인데. 아직 스무 살도 안 됐는데."

"명복을 기원하겠습니다."

소녀가 냉담하게 말했다. 나는 한동안 침묵했다가 다시 입을 열었다.

"—알겠어. 일부러 내 최후를 알려주러 와줘서 고마워, 사신. 그럼 잘 자."

나는 히죽 웃고서 소녀의 몸을 살짝 밀친 뒤 문 앞에 섰다. 소녀가 살짝 인상을 찡그렸다.

"그 태도를 보아하니…… 당신, 내 말을 믿지 않는 거죠?"

"당연하지."

나는 청바지 주머니를 뒤적거려 집 열쇠를 꺼내며 내뱉었다.

"누가 믿겠어, 그딴 망상. 사신 같은 게 있을 턱이 없잖아."

"……."

"게다가 칼에 찔려 죽는다고? 신빙성을 높이려면 하다못해 아까 말한 교통사고처럼 흔하고도 무난한 사인(死因)을 설정해 두는 편이―."

"하타노 씨. 이게 뭔지 알겠어요?"

소녀가 내 말을 가로막았다. 그녀의 오른손에는 언제 꺼냈는지 수첩 대신에 다른 게 쥐어져 있었다.

"어?! 나이프……."

"정답."

"히익―."

내 입에서 짤막한 비명이 새어나왔다. 열쇠가 발치에 딸그랑 떨어졌다.

소녀는 날 길이가 10센티미터쯤 되는 나이프를 쥐고 있었다. 하얀 형광등 빛을 튕겨내듯 번뜩이는 흉기를 한 손에 든 채로 소녀가 뺨을 일그러뜨렸다.

그 웃음은 굉장히 비뚤어지고 부자연스러웠다. 얼굴 근육을 억지로 끌어올린 것 같은 으스스한 표정이었다.

"나, 나이프라니……. 에, 에이. 그거 가짜지?"

"진짜예요."

소녀가 나이프를 든 채로 오싹하게 웃으며 나에게로 다가왔다.

도망쳐야 한다. 머리로는 알고 있건만 몸이 잘 따라주지 않았다. 소녀가 웃으면서 나이프를 과시하듯 휘두르고는 내 코끝에 딱 댔다.

"가짜도, 장난감도 아닙니다. 이 날붙이에 베이면 상처가 나고, 피가 쉴 새 없이 나올 거예요. 하타노 씨, 무슨 소린지 알죠?"

윤기가 도는 은색 날이 요염하게 사르르 빛났다. 나는 침을 꼴깍 삼켰다.

"이걸……"

소녀가 나이프를 거꾸로 쥐더니 그 순간…….

"—이렇게 해보죠."

소녀가 두 손으로 쥔 나이프를 자신의 배에 힘껏 꽂았다.

"……악?!"

너무 황당해서 목소리조차 제대로 나오지 않았다. 아연실색하는 내 눈앞에서 몸을 기역 자로 꺾었던 소녀가 고개를 스르륵 들었다.

광기를 머금었던 그 웃음은 싹 빠져나가고 아까 전처럼 무표정으로 되돌아갔다.

"어떤가요? 깜짝 놀랐습니까?"

소녀가 나직이 묻자 나는 곧바로 반응할 수 없었다. 날 밑동까지 나이프가 단단히 박혀버린 복부를 응시하며 굳어버렸다. 나는 마른 걸레를 쥐어짜듯이 간신히 말을 끄집어냈다.

"너, 너…… 피가……."

"예. 안 나오죠. 물론 다치지도 않았습니다."

소녀가 오른손으로 나이프를 스르륵 뽑은 뒤에 반대편 손으로 복부를 매만졌다. 소녀가 입은 원피스조차 찢어지지 않았다.

"인간이 만든 도구로는 반영체(半靈體)인 사신의 몸에 해를 가할 수 없으니까요."

소녀가 그렇게 말하더니 피 한 방울도 묻지 않은 칼날을 대충 쥐고서 손잡이 부분을 내 쪽으로 내밀었다.

"오, 오호…… 트릭도, 장치도 없다 이 말이구나."

나는 순간 망설인 뒤에 소녀가 느닷없이 휘두르지 않을까 경계하면서 나이프를 받아들었다. 소녀는 전혀 꼼짝도 하지 않았다.

이리저리 꼼꼼히 살펴봤지만 날이 쑥 들어가는 장치도, 특이한 부분도 발견하지 못했다. 시험 삼아 칼날의 가장자리를 따라 왼쪽 엄지를 살짝 그어보니 예리한 통증과 함께 피부가 베였다. 붉은 피가 송송 맺혔다.

"……그러네."

나는 한동안 내 손가락을 노려봤다. 그러고는 상처 하나 입지 않은 소녀의 복부를 힐끗 본 뒤에 무표정한 그녀의 두 눈을 바라보며 심호흡을 했다.

"저기 말이야."

피가 난 손가락을 핥고서 애써 냉정을 유지하며 물었다.

"어디 딴 데로 자리를 옮겨도 될까? 내 앞에 사신이 나타났다고 하니 네 얘기를 조금 더 자세히 듣고 싶어졌거든."

"예. 상관없긴 하지만."

소녀가 고개를 끄덕이고서 만족스레 실눈을 지었다.

무서우리만치 가지런한 그 창백한 미모는 역시나 인형 같았다. 인간이 아닌 존재의 기운이 느껴져서 등골이 오싹해졌다.

◇

"드링크바 두 명이요."

집에서 도보로 약 5분 거리에 있는 패밀리 레스토랑. 나는 소녀와 구석진 자리에 앉고서 곧바로 주문을 마쳤다. 평일 밤 11시를 앞둔 이 시각, 가게 안은 비교적 한산했다. 근처에 다른 손님도 없었다.

"다시 한번, 확인하겠는데."

내가 말을 꺼내자 주변을 두리번거리던 소녀가 시선을 정면으로 되돌렸다.

눈꺼풀이 반쯤 잠겨서 졸려 보이는 그 눈을 보면서 나는 물었다.

"너, 정말로 사신이야?"

"예. 이번에 당신을 담당하게 된 사신 쿄우카라고 합니다. 공양의 공(供) 자와 꽃 화(花)를 써서 쿄우카(供花)."

"불길한 이름이네……."

"사신이니까."

소녀— 쿄우카가 선선히 말했다. 조화(弔花)처럼 망자에게 공양하는 꽃이라는 뜻인가, 사신의 이름이라고 하니 그럴

싸했다.

나는 상대를 주시하면서 사신이라 자칭한 소녀에게 질문을 이어나갔다.

"쿄우카. 네 얘기가 진실이라면 난 7일 뒤에 밤길에서 칼에 찔려 죽는다는 거지?"

"예, 그래요. 5월 1일 22시 50분 38초이니 딱 이맘때군요. 배인지 가슴인지는 구체적으로 모르겠지만…… 아마도 제가 아까 보여줬던 것처럼 날붙이로 푹."

쿄우카가 무표정하게 나이프로 찌르는 시늉을 했다. 나는 불과 수십 분 전에 집 앞에서 벌어졌던 장면들을 떠올리며 인상을 찡그렸다.

그 뒤에 그 나이프는 내가 맡아서 집 안에 놔뒀다. 나는 새 반창고를 붙여놓은 손가락을 바라보면서 그 나이프가 내 몸에 꽂혔다면 어땠을지 생각했다. 몸이 절로 움츠러졌다.

"그 미래는 피할 수 없어?"

"피할 수 있어요."

―피할 수 있나? 나는 맥이 빠졌지만 쿄우카가 담담히 말했다.

"예를 들어 7일 뒤 밤에 당신이 집 안에만 틀어박힌다면 무차별 살인마와 맞닥뜨릴 일이 없으니 칼에 찔리지도 않겠죠. 『무차별 살인마한테 칼에 찔려 죽는다』라는 미래를 회피하는 건 어렵지 않습니다."

"……즉, 살 수 있다는 거야?"

"아뇨, 아쉽지만."

쿄우카가 무자비하게 부정하고서 내 가슴에서 막 싹텄던 희망을 뜯어버렸다.

"죽음이라는 결말은 피할 수 없습니다. 제가, 당신을 죽일 테니까."

쿄우카가 낯빛 하나 바꾸지 않고 차분한 목소리로 선고했다.

"당신이 원래 목숨을 잃어야 할 예정 시각에 딱 맞춰서 영혼을 빼앗아서 회수합니다. 그게 당신의 운명이며, 우리 사신의 역할이니까."

내 머릿속에서 사신의 대낫이 떠올랐다. 두꺼운 구부러진 날이 내 몸을 가르고서 영혼을 거둬들이는 처참한 최후였다.

"영혼을…… 그, 그렇구나. 그거 아파?"

내가 벌벌 떨면서 묻자 쿄우카가 "아뇨" 하고 고개를 가로저었다.

"고통은 딱히 없을 거예요. 육체에서 영혼을 뽑아낼 뿐이니까요. 고통도, 괴로움도 없이 한순간에 끝납니다. 칼에 찔려 죽는 것보다는 평온한 최후가 아닐까 싶은데?"

"그런가…….”

"예."

"그럼 괜찮을지도 모르겠네. 죽어버리더라도."

"—괜찮다?"

쿄우카가 내 말을 곱씹고는 신기해하며 눈을 깜빡였다. 아주 잠깐이긴 했지만 그녀가 처음으로 보여준 인간다운 반응인 듯했다.

"죽음이 두렵지 않습니까?"

"글쎄?"

"글쎄라니……."

내가 어깨를 들먹이고서 대답하자 쿄우카가 어이없다는 눈으로 쳐다봤다.

마치 유리와도 같은 그녀의 눈동자에 감정 비슷한 무언가가 한순간 깃들었다.

그 잔영을 조금 더 보고 싶어서 나는 짐짓 태연하게, 애써 별 거 아니라는 듯이 말을 이어나갔다.

"잘 모르겠다는 게 솔직한 심정이야. 느닷없이 죽음을 고지해 본들 실감도 나질 않고. 죽는다는 게 어떤 건지도 익숙하질 않아서 왠지 상상이 잘 되질 않아."

하물며 실존하는지조차 의심스러운 『사신』이라는 존재가 죽음을 선고했으니 더더욱 와닿지가 않았다. 솔직히 나는 아직도 저 쿄우카라는 소녀가 사신이라고 완전히 믿은 것은 아니었다.

나이프를 배에 꽂고도 멀쩡했던 모습을 보고서 놀라기는 했다. 그러나 냉정히 생각해 보면 마술 트릭을 간파해 내지 못했을 뿐인지도 모른다. 예를 들어 의사가 환자에게 내보이는 엑스레이 사진처럼 내가 죽는다는 확실한 증거를 제시한 것도 아니었다.

그래서 시한부 판정을 받았음에도 이렇게 태연하게 굴 수 있는 거겠지.

나에게는 모호한 죽음의 미래보다는 나이프를 코앞에 들이미는 쪽이 더 무서웠다.

그리고 그때 느꼈던 공포는 『죽음』에서 기인했다기보다 나이프에 찔리는 고통이나 괴로움에서 비롯된 것 같았다.

날카로운 날붙이가 배에 찔리는 격통과 상처에서 피가 철철 흘러넘치는 무시무시한 광경은 실제로 겪어본 적이 없더라도 생생히 상상할 수 있으니까.

"다만—."

—그렇기에.

"아픔이나 괴로움은 질색이고, 무서우니…… 그런 꼴은 당하고 싶진 않아. 크게 다쳐서 죽거나, 중병을 앓다가 죽거나."

"……그렇군요. 하타노 씨는 죽음 그 자체가 아니라 그에 수반하는 아픔이나 괴로움이 더 두렵다는 말이죠?"

쿄우카가 이해했다는 듯 고개를 끄덕였다. 그녀는 아까 전에 한순간 엿보였던 인간미는 온데간데없이 인형처럼 무표정으로 되돌아갔다. 나는 아쉬워하며 웃었다.

"어. 그 고통은 사신인 네가 배제해 준다는 말이지?"

"예."

"그럼 됐어. 딱히 죽고 싶은 이유는 없지만…… 살고 싶은 이유도, 딱히 없으니까. 아무리 발악해도 죽을 운명이라면 순순히 받아들일게."

그다지 깊이 생각하지 않고 농담하듯 내던진 말 속에 담긴 체념이, 어쩌면 내 진심일지도 모르겠다.

나는 왠지 갑자기 힘이 빠져서 몸을 의자에 기대고서 탁자 구석에 세워져 있는 메뉴판을 들었다. 공연히 배가 고파졌다.

"그러고 보니 아직 식사를 못했네……. 뭐 시켜도 될까?"

"마음대로 하시길."

쿄우카가 아무렇든 상관없다는 투로 말했다. 나는 의기양양하게 메뉴판을 펼치고서 살펴봤다.

평소에는 외식을 되도록 자제하는 편이지만, 앞으로 살날이 7일밖에 남지 않았다면 절약한들 소용없다. 팍팍 먹자.

"……즐거워 보이네요."

쿄우카가 불쑥 중얼거렸다. 7천 5백 엔이나 하는 비프 스테이크와 햄버그, 치킨의 호화 믹스 플레이트 사진을 바라보다가 나는 고개를 들어 낙관적으로 큰소리쳤다.

"7일밖에 남지 않은 인생이니까. 지금 만끽하지 않으면 아깝잖아?"

─설령 쿄우카가 진짜 사신이고 내가 7일 뒤에 죽는 게 사실일지라도.

귀중한 시간을 「죽기 싫다」며 한탄하는 것보다야 실컷 즐기는 편이 더 건전하고, 마음도 편안하다.

불쾌한 사실 앞에서는 눈을 감아버리고 귀를 닫아버리면 된다. 최후의 최후까지, 사신이 내 목숨을 거둬가는 그 순간까지.

그러면 다소 나은 기분으로 인생의 막을 내릴 수 있을 듯했다.

"너도 먹어. 내가 살 테니까."

"아뇨, 됐습니다. 우리 사신은 식사를 할 필요가 없으니까."

쿄우카가 메뉴판을 되밀었다. 나는 그것을 치우지 않고 물었다.

"먹을 수 없어?"

"먹을 수는 있지만……."

"그럼 한번 시켜봐. 나 혼자서만 먹는 건 왠지 민망하거든. 뭐든 괜찮으니까."

"네."

쿄우카가 흐리터분하게 대답한 뒤에 메뉴판을 떨떠름하게 받아들고서 귀찮은 듯 넘겼다. 그러고는 눈을 치켜뜬 채로 나를 들여다보면서 중얼거렸다.

"……별난 사람이네요."

"─『미련을 털어내고서 후련하게 성불하자 캠페인』?"

점원을 불러서 2인분 주문을 마친 뒤 쿄우카의 입에서 영문 모를 말이 튀어나왔다. 나는 이맛살을 찡그리며 되물었다.

"예. 이번에 처음으로 실시하기로 결정한 사신계의 새로운 시도입니다."

"사신계라면 사신의 세계? 그런 게 다 있어?"

"있어요."

"……어디에?"

"영계(靈界)에. 영혼의 세계를 줄여서 영계."

쿄우카가 검지로 위를 가리키며 대답했다. 나는 "흐응" 하고 말장구를 쳤다.

쿄우카가 말하는 『영계』인지 뭔지에 관해 더 자세히 물어보고 싶었지만, 지금은 다른 화제로 한창 대화를 나누는 중이라 계속하라고 채근했다.

"사신은 망자의 영혼을 회수하는 게 일이라고 설명을 드렸는데……. 보통 사신이 이처럼 산 자와 접촉할 기회는 없습니다. 사신 수첩에 기재된 정보를 보고 현장으로 가서 최후를 지켜본 뒤에 신속히 영혼을 가지고 돌아가는 게 기본입니다."

"죽음을 선고하진 않아?"

"원래는요. 다만 현재는 그 캠페인─ 죽음을 선고하여 여생을 유의미하게 보내도록 하자는 특별한 운동을 벌이는 중이라서."

쿄우카의 말에는 막힘이 없었다. 설령 망상일지라도 저 소녀는 꽤 달변가다.

"이번에는 그 기념할 만한 첫 번째 사례이자 영예로운 대상자로서 하타노 씨…… 당신이 뽑혔습니다."

"오호. 그거 영광인데."

나는 포크로 앞에 나온 야채샐러드를 찍으면서 반응했다.

"어떤 식으로 뽑는 건데?"

"전 선출에는 직접 관여하지 않았지만……. 『사전에 죽음에 관한 정보를 알려주더라도 타인의 죽음에 영향을 끼치지 않을 인물』이라는 조건에 부합되어 뽑혔다고 합니다."

"타인의 죽음에……?"

"예. 예를 들어 하타노 씨는 죽음을 알고서 7일 뒤에 무차별 살인마와 맞닥뜨리지 않도록 회피할지언정 결코 다른 사람을 희생시키지 않습니다."

"……어떻게 그리 단언해?"

"우리 사신 세계에는 『인간의 죽음에 관한 미래』를 볼 수 있는 자가 있으니까요. 그렇지 않다면 어떻게 인간의 최후에 입회할 수 있겠어요."

내가 포크를 멈추고서 묻자 쿄우카가 선선히 대답하고서 검은 수첩을 꺼냈다.

―사신 수첩. 죽음이 결정된 사람들의 정보가 실려 있다는 사신의 필수품. 쿄우카가 그것을 펼쳐 넘기면서 말했다.

"예지의 상세한 내용까지는 알 수가 없는지라 어디까지나 추측이지만……. 아마도 당신이 무차별 살인에 희생이 되지 않을 경우에는 범행이 미수에 그치거나, 범행 자체가 이뤄지지 않을 겁니다. 그러니 죽음을 미리 고지해도 괜찮겠다고 판단했겠죠."

"……그렇구나."

쿄우카의 이야기를 들어보니 일단 앞뒤는— 맞는 것처럼 느껴진다. 무차별 살인이 반드시 성공하리라는 법은 없을 테고, 또한 다른 사람의 죽음에도 영향을 미치지 않으니 쿄우카 같은 사신의 업무가 늘어날 우려도 없다.

(다만 만약에 범행 자체가 벌어지지 않는다면 애당초 날 노렸다는 뜻 아냐? 누군가한테 원한을 살 만한 행동을 했던 기억이 없는데.)

자랑은 아니지만, 내 인간관계는 희박하다. 강하게 증오할 만큼 관계가 농밀한 지인은 없고, 사귀는 여자 친구도 없다. 역시 후자일 가능성은 옅을 것 같다.

이리저리 생각하고 있으니 쿄우카가 수첩을 팍 덮었다.

"—뭐 캠페인은 그런 느낌입니다만. 마지막으로 꼭 전해야만 하는 중요한 내용이 하나 있습니다."

"뭐야. 뭔가가 또 남았어……."

"예. 좋은 얘기가."

"좋은 얘기?"

"예. 미련을 털어내고서 후련하게 성불하자 캠페인의 첫 개최를 기념하여 이번에만 제공하는 한정 서비스예요. 그 내용은 『딱 한 번 담당 사신이 원하는 소원을 들어주기』입니다."

"흐응, 원하는 소원을 들어준다…… 앗, 진짜?!"

나는 하마터면 포크를 떨어뜨릴 뻔했다. 쿄우카가 퍽 진지한 얼굴로 "진짜예요" 하고 고개를 끄덕였다.

"늘 영혼을 내어주는 인간 여러분이 기분 좋게 죽을 수 있길 바라는 일종의 감사제죠. 우리 사신이 죽음이 가까워진 인간들의 희망이나 소망을 듣고서 미련이 무사히 해소되도록 돕겠습니다."

"……공짜로?"

"예. 대신에 영혼은 받겠지만요."

"대가가 너무 비싸……."

"원래부터 빼앗아갈 예정이니 공짜나 마찬가지 아닌가요?"

"뭐, 그렇지."

원래라면 알 수조차 없는 최후를 알려준 것만으로도 충분히 고마운 일이다. 더욱이 소원까지 들어준다니 친절한 사신도 다 있구나 싶었다.

"……소원. 이뤄지길 바라는 것……이라."

나는 포크를 내려두고 팔짱을 끼고서 진지하게 생각해봤다.

"딱 하나랬지?"

"예. 참고로 타인의 생사에 관한 소원은 금지입니다. 누군가의 목숨을 구해 달라거나, 목숨을 빼앗아 달라거나."

"소원을 늘려달라는 소원은?"

"특별히 금지하진 않았습니다만……. 제 부담이 너무 커지니까 안 되죠. 소원이 적합한지 여부는 대체로 현장에 판단을 맡깁니다. 당신을 담당하는 사신인 제가 좋다고 하면 좋은 거고, 안 된다고 하면 안 됩니다."

"오호. 그럼 눈으로 빔을 쏠 수 있게 해달라는 소원은?"

"무리입니다."

그녀가 곧바로 무표정하게 딱 잘라 거절했다.

"마법사가 아니니까요. 우리 사신도 기본적으로 당신들 인간과 능력의 거의 비슷하다고 생각해주세요. 눈으로 빔? 그게 뭔가요? 분풀이로 도시라도 파괴할 셈인가요? 즉각 죽여 버릴 거예요."

"노, 농담이라니까⋯⋯."

누가 진심으로 그런 얼토당토 않는 소원을 입에 담을까. 쿄우카가 냉혹한 시선으로 쏘아보자 나는 식은땀을 흘렸다.

"근데 죽이면 안 되지. 내가 원래 죽어야 하는 순간까지는."

"아뇨. 경우에 따라서는 도중에 목숨을 빼앗는 행위도 인정되는데요?"

"⋯⋯그래?"

"예."

쿄우카가 고개를 끄덕였다. 농담을 할 만한 분위기는 아니었다.

"예를 들어 죽음을 전해 듣고서 당신이 자포자기한 심정으로『어차피 죽을 바에야 딴 놈들도 길동무로 삼아주마. 헤헤헷』하고 무차별 대량살인을 꾀했다고 칩시다."

"아니, 아니, 그 무슨 황당한 가정이야⋯⋯."

그 대사하며 웃음까지 국어책 말투고.

"그 경우에는 타인의 죽음에까지 영향을 미치지 못하도록 전 가급적 신속하게 당신을 처리해야만 합니다."

"……아아, 그래서 빔에 반응했던 건가? 위험하긴 하지."

"그렇죠. 전 앞으로도 당신이 수상쩍은 낌새를 보였을 때 즉각 죽일 수 있도록 눈을 번뜩일 테니 부디 언동에 주의를 기울여 주세요."

"장난 아닌데."

"뭐, 『소원을 들어준다』는 성가신 중간 과정을 생략하고서 영혼을 싹 회수하면 편하긴 하니 오히려 나서서 죽이고 싶은 심정이지만."

"하하. 뭐야 그거. 농담이야?"

"……"

"농담이지?!"

내가 진지한 얼굴로 입을 다문 쿄우카에게 따져 물으려고 했을 때.

"―오래 기다리셨습니다. 주문하신 믹스 플레이트와 세트 라이스, 디럭스 파르페가 나왔습니다."

주문했던 음식이 나왔다. 내 앞에는 김이 모락모락 피어오르는 철판요리가, 쿄우카의 앞에는 디저트가 놓였다. 나는 한숨을 내뱉고서 일어섰다.

"음료수 떠올게. 네 것도 떠올 건데 뭐가 좋아?"

"뭐든 좋아요."

쿄우카가 눈앞에 있는 파르페를 응시하며 대답했다. 나는 "알겠어" 하고 짧게 대답한 뒤 테이블을 떠나려고 했다. 바로 그때.

"—하타노 씨."

쿄우카가 불러 세웠다. 그러고는 내 쪽으로 시선을 돌린 뒤 말했다.

"지금 당장 소원을 말할 필요는 없어요. 아직 7일이 남았으니…… 당신이 마지막에 하고 싶은 것을 곰곰이 생각해보면 돼요."

나를 쳐다보는 그녀의 눈동자는 여전히 유리처럼 무기질적이고 차갑고 건조했다. 그러나 악의는 느껴지지 않았다. 무서운 존재인지, 꼭 그렇지는 않은 존재인지 종잡을 수 없는 녀석이었다.

나는 "그래" 하고 대답하면서 마음속으로는 『별난 사신』하고 중얼거렸다.

철판을 절반 가까이 점령한 스테이크에 포크를 푹 꽂은 뒤 나이프로 썰어서 입에 넣었다. 고기를 한입 가득히 넣고서 씹은 순간에 육즙이 터져 나오면서 소고기의 진미가 입안 가득히 퍼졌다. 생각했던 것보다 뜨끈뜨끈하고 육질도 부드러웠다. 양파를 졸인 일본식 소스는 맛이 약간 강하긴 했지만, 간은 적절했다. 소고기와 궁합이 딱 맞았다.

솔직히 먹기 전에는 그래봤자 패밀리 레스토랑 요리지, 하고 얕잡아 봤다. 그런데 꽤 나쁘지 않았다. 햄버그와 치킨도 평범하게 맛있었다. 밥이 술술 들어갔다.

"……저기 안 먹어?"

먹다가 일일이 칼질을 하는 게 귀찮은지라 스테이크를 미리 여러 조각으로 썰어두면서 물었다.

쿄우카는 파르페에도, 아이스티에도 일절 입을 대지 않았다. 등을 꼿꼿이 세워서 앉은 채로 내가 식사하는 모습을 지루하게 방관했다.

"아이스크림 녹겠다."

"아이스크림?"

"그 위에 얹혀 있는 하얀 녀석."

파르페 정상, 초콜릿 소스와 생크림이 듬뿍 끼얹어진 바닐라 아이스크림이 이미 조금 녹았다. 쿄우카가 "하아" 하고 무시근하게 한숨을 내뱉었다.

"그러네요. 날더러 이 물체를 먹으라고요?"

"어. 말했잖아. 나만 먹는 건 민망하다고. 기껏 주문했으니 어서 먹어봐."

"예……."

쿄우카가 파르페를 유심히 쳐다봤다. 그리고 그대로 굳어버렸다.

나는 스테이크를 먹으면서 혹시나 싶어서 물어봤다.

"먹는 법을 모르는 거야?"

"알아요."

쿄우카가 목소리에 힘을 실었다. 그저 착각인지 모르겠지만 발끈한 것처럼도 느껴졌다.

"……그 정도쯤은 알거든요. 이걸 이렇게…… 하는 거죠?"

쿄우카가 파르페 앞에 놓인 가느다란 스푼을 들어 앞쪽에 휘감긴 종이 냅킨을 벗겨낸 뒤 나에게 내보였다. 테이블에 놓인 스푼을 위에서 거머쥐듯 들었기에 그 모습이 마치 아기 같았다.

"으~음, 아깝네. 하지만 대체로 맞아."

"그런가요? 그럼 문제없겠죠."

쿄우카가 고개를 끄덕이고서 아이스크림을 떴다. 한입에 넣기에는 조금 많지 않은가 싶었지만, 그녀는 아랑곳 않고 입으로—.

"……어?!"

그 순간 쿄우카가 눈을 크게 떴다.

그러나 입에 한가득 집어넣은 파르페를 씹을수록 그녀의 얼굴에 번졌던 놀라움이 녹아내리듯 옅어지다가 사라졌다.

그 대신에 파르페를 맛보는 쿄우카의 입가에 어느샌가 웃음이 내려앉았다.

나이프를 꺼냈을 때 보였던 그 으스스하고 부자연스러운 웃음이 아니었다. 애써 자제하고 있지만 몹시 자연스럽고 온기가 느껴지는 인간다운 표정이었다.

"오호. 너도 그런 표정을 다 지을 줄 아네……."

입가에 생크림을 잔뜩 묻힌 채로 쿄우카가 진지한 표정으로 되돌아갔다.

"그런 표정이라뇨?"

"웃음 말이야. 『귀여운』 웃음."

나는 이를 내보이며 씨익 하고 웃었다. 쿄우카가 "귀여운 웃음……" 하고 되뇌며 고개를 숙였다. 이윽고 고개를 확 들더니 뺨을 잔뜩 일그러뜨렸다.

"이런 표정?"

"놀라울 정도로 전혀 귀엽질 않은데?!"

진심이 입을 뚫고서 나와 버렸다.

쿄우카가 지어보인 웃음은 얼굴 근육이 이상한 느낌으로 옥죄어지고 굳어 있었다. 눈이 조금도 웃질 않았다. 하나도 귀엽지 않고, 기뻐하는 것 같지도 않았다.

"진짜 웃을 줄 모르네……."

"─우."

쿄우카가 다시 무표정해졌다. 그리고 조금 침울한 목소리로 중얼거렸다.

"웃을 줄 모른다고요……? 내 딴에는 잘 웃었다고 생각했는데요."

그녀가 이내 또 삐죽 웃어 보였다. 나는 쿄우카에게서 눈길을 돌렸다.

"그만. 이제 됐어. 차마 못 보겠어."

"……그 정도입니까?"

"응, 지독해. 나이프를 꺼냈을 때도 그랬지만 웃음이 너무 부자연스럽고 으스스해. 공허하다고 해야 할까."

"그건 당신이 공연히 두려워하지 않도록 안심시키려고 애써 지은 웃음이었는데요."

"그렇다면 완전히 역효과였네. 사이코패스인 줄 알았다니까?"

"그, 그렇습니까……. 그건…… 미안합니다."

쿄우카가 고개를 푹 숙이며 사죄했다. 나는 쓴웃음을 짓고서 북돋듯 말해줬다.

"하지만 아까 파르페를 먹었을 때 보여줬던 웃음은 좋았어. 느낌이 굉장히 자연스러웠거든. 솔직히 매력적이었어."

"……네."

쿄우카가 이맛살을 살짝 찡그렸다. 그러고는 제 뺨을 긁적이며 중얼거렸다.

"그런가요. 딱히 웃음을 지었던 기억이 없는데……."

"그래서 그런 거 아냐? 웃음은 억지로 짓는 게 아니라고 생각해. 아마도 저절로 흘러나오는 거지."

"네. 그런가요?"

"어. 넌 그런 느낌이 거의 없는 것 같지만 말이야."

"……."

쿄우카가 침묵했다. 나는 웃으면서 어서 파르페를 먹으라고 권했다. 아까 봤던 웃음 때문인지 무뚝뚝한 저 사신이 왠지 갑자기 귀엽게 느껴졌다.

"뭐, 얼른 먹어. 의외로 나쁘지 않지? 패밀리 레스토랑 파르페."

"……그러네요."

쿄우카가 수긍하고서 파르페에 스푼을 푹 꽂았다. 그러고는 생크림과 딸기, 콘프레이크를 떠냈다.

"나쁘지는, 않습니다."

쿄우카가 새침하게 말하고서 파르페를 한껏 먹었다.

그 뒤로 한동안 나와 쿄우카는 대화다운 대화를 거의 나누지 않고 묵묵히 식사를 했다.

나는 마지막으로 하고 싶은 것, 쿄우카가 들어주길 바라는 소원에 관해 이리저리 생각하면서 파르페를 익숙지 않게 먹는 쿄우카를 쳐다봤다. 그러나 그녀는 쭉 무표정했다. 반응다운 반응도 보이지 않고 작업하듯 파르페를 먹었다. 입 주변을 아이스크림과 생크림, 초콜릿으로 더럽혀 나갔다.

먼저 식사를 끝마친 나는 테이블에 팔꿈치를 올린 채로 탄산이 다 빠져버린 콜라를 찔끔찔끔 마시면서 쿄우카를 멍하니 쳐다보다가 문득 생각했다.

(이 녀석, 또 웃어주지 않으려나…….)

그녀가 파르페를 처음 먹었을 때 무심코 보여줬던 자연스럽고도 아름다운 표정을 더 많이 보고 싶었다.

ㅡ정말로 왠지.

딱히 절실한 바람은 아니었다. 시간이 지나면 빠져버리는 탄산처럼 덧없고 어슴푸레하고 하잘 것 없는 변덕 같은 약한 바람이었다.

그래도 나는 정신을 차려보니ㅡ.

"쿄우카."

"……예."

내가 이름을 부르자 쿄우카가 녹아버린 아이스크림과 생크림을 수염처럼 덕지덕지 묻힌 채로 무표정하게 대답했다.

나는 진지한 눈빛으로 그녀의 깨나른한 눈을 쳐다보며 말했다.

"그 소원 말인데……."

"예."

"나랑 함께해 주면 안 될까?"

◇

"하아, 잘 먹었다, 잘 먹었어!"

무겁게 빵빵해진 배를 매만지며 밤길을 걸었다.

머리 위에는 감청색 하늘이 펼쳐졌고, 거리의 가로등에 제 역할을 거의 빼앗긴 별들이 점점이 빛났다. 공기가 차갑고 맑기 때문인지 하늘이 몹시도 높게 느껴졌다.

아스팔트와 마찰하며 달리는 자동차 주행음과 멀리서 들려오는 전철 소리. 쿄우카가 그 소리에 자칫 지워져버릴 것만 같은 목소리로 물었다.

"귀가하나요?"

"어, 역시 피곤하니까. 오늘은 이만 돌아가서 잘래. 넌?"

"당신이 집에 들어가는 모습을 본 뒤에 바로 돌아갑니다.

보고서를 써야만 해서.”

“흐으음. 보고서라…….”

우리는 대화하면서 나란히 걸었다. 쿄우카가 “예.” 하고
고개를 끄덕였다.

“당신에 관한 간략한 리포트예요. 미련을 털어내고서 후
련하게 성불하자 캠페인이 이번에 처음 실시되는 거라서 중
간 과정을 기록하고, 자료용으로 남겨두려고요. 캠페인이
종료된 뒤에 정리해서 제출해야만 합니다.”

“힘들겠네.”

“평상시에 비하면 편해요. 이 나라에는 하루에 삼천 명이
넘는 사람들이 목숨을 잃으니까요. 우리 사신은 영혼 회수
작업에 쫓기는 실정입니다.”

“삼천 명이나…….”

쿄우카 같은 사신이 얼마나 더 있는지 모르겠지만 숫자가
상당하다.

“뭐, 지금은 캠페인 업무— 당신을 감시하고 관찰하고 최
후의 소원을 들어주는 업무가 우선이라서 그쪽 업무는 거의
들어오지 않지만요. 내일부터 7일 동안 스케줄에 여유가 있
을 것 같습니다.”

“오? 그럼…….”

“예.”

쿄우카가 걸으면서 나를 올려다봤다.

“함께헤드리죠.”

푸르게한 가로등 빛이 쿄우카의 얼굴을 비췄다. 인형 같은 그 미모에는 여전히 표정이 없었다. 목소리에도 감정 같은 게 느껴지지 않았다.

"그게 당신의 바람이라면 함께해 드리도록 하죠―. 당신이 보내는 최후의 시간을."

"……그래?"

나는 숨을 작게 내뱉고서 발걸음을 멈췄다. 쿄우카와 마주보고서 오른손을 내밀었다.

"그럼 잘 부탁해. 뭘 할지는 아직 정하지 않았지만."

내가 쿄우카에게 말했던 소원. 그것은 내가 앞으로 보내는 7일간의 여생을 함께 해주지 않겠냐는 것이었다.

함께해 달라, 어감에 따라 다르긴 하지만 『교제』해 달라는 고백 같은 소원은 아니었다. 그저 말 그대로 『최후의 시간을 함께 어울려 줬으면 좋겠다』는 소원이었다.

―30분 전.

내 소원을 듣고서 쿄우카가 고개를 갸웃거리며 물었다.

"함께해 달라니…… 뭘 말인가요?"

그리고 내 바람을 듣고서 일단 보류한 뒤에 업무 스케줄을 조정해보고서 가능 여부를 정하기로 했다.

그 결과, 대답은 무사히 오케이. 쿄우카가 기뻐하는 나를 진지한 얼굴로 바라보면서 내가 내민 손을 방치하고는 "예"

하고 고개를 끄덕였다.

"당신이 후회 없이 떠날 수 있도록 최선을 다하도록 할게요. 하타노 씨."

"케이라고 불러. 씨도 붙일 필요 없어. 무슨 회사 이름 같아서 미묘하니까."

"……케이."

쿄우카가 머뭇거리며 내 이름을 불렀다.

"응."

나는 만족하며 손을 집어넣었다. 나는 마음을 다잡고서 미소를 지으며 말했다.

"그럼 다시 한번 부탁해, 쿄우카! 앞으로 남은 7일을 힘껏 즐겨보자고? 웃으면서 최후를 맞이할 수 있도록."

내가 밤하늘을 향해 주먹을 쳐올리며 흥분하여 걸어 나가자 쿄우카가 "네" 하고 한숨을 내쉬었다. 그리고 몇 걸음 뒤에서 걸으면서 불쑥 중얼거렸다.

"전 딱히 즐길 수는 없겠지만…… 당신이 후련하게 죽어준다면야 사신으로서 더할 나위 없이 다행이겠죠. 부디 잘 부탁합니다, 케이."

"오."

나는 쿄우카를 돌아보며 웃었다.

달빛 아래에서 희미하게 떠오르는 저 창백한 얼굴. 쌀쌀맞은 사신소녀를 어떻게 웃게 만들까— 하고 생각하면서.

2018년 4월 24일 보고서

하타노 케이 담당 사신 쿄우카

　나고야시 메이토구에 소재한 대상자의 자택 앞에서 대상자와 처음으로 접촉하여 죽음을 선고했습니다.

　그때 저는 나이프를 스스로의 복부에 꽂아서 제 자신이 육신을 가진 인간이 아님을 증명했습니다. 장소를 옮겨 인근 음식점에서 대상자의 죽음과 우리 사신, 이번에 실시하는 『미련을 털어내고서 후련하게 성불하자 캠페인』에 관해 간단히 설명하고, 질의응답을 했습니다.

　나이프를 보였을 때를 제외하고 대상자는 시종일관 평온했습니다. 죽음 그 자체가 아니라 그에 수반하는 아픔이나 괴로움에 공포를 품는다고 했습니다. 세상을 달관했고, 얌전해서 현재로서는 딱히 위험할 것 같지는 않습니다만, 소원 이야기를 듣자마자 「눈으로 빔을 쏘게 해달라」고 지껄였기에 조금 주의를 할 필요는 있을 것 같습니다.

　대상자는 숙고한 끝에 「담당 사신인 저와 죽을 때까지 시간을 함께 보내고 싶다」는 소원을 말했기에 저는 그걸 승낙했습니다.

　참고 : 대상자가 강요하여 『디럭스 딸기 파르페』라는 걸 먹었습니다. 익숙지 않지만 경구섭취를 해봤는데…… 의외로 나쁘지 않군요.

Day 1

: 웃으며 최후를
맞이하기 위해

"······좋은 아침입니다."

이튿날 아침. 선잠에서 깨어나 보니 어둑한 침대 머리맡에 검은 실루엣이 서있어서 화들짝 놀랐다.

어제와 마찬가지로 마치 상복처럼 새까만 원피스를 입은 『사신소녀』— 쿄우카가 쌀쌀한 아침 공기에 뒤지지 않을 만큼 차가운 눈빛으로 나를 내려다봤다.

"잘 잤습니까?"

나는 아무 말 없이 스마트폰을 집어 시각을 확인해 봤다. 7시 20분. 어젯밤에는 여러 일들을 겪은지라 잠이 통 오질 않아서 네 시간밖에 자질 못했다.

나는 침대에 누운 채로 잠이 덜 깨서 흐리멍덩한 머리로 스마트폰을 조작하여 알람을 10시로 설정했다. 그러고는 몸을 벌러덩 뒤척이고서 눈꺼풀을 감았다.

"케이, 아침이에요. 기상 안 합니까?"

"······덜 잤으니까 조금만 더 잘래."

"그렇군요."

쿄우카가 이내 납득하고서 그 이후로는 입을 다물었다.

정적이 찾아들었다. 냉장고 가동음과 창문 너머에서 희미하게 들려오는 도심의 소음만이 이 세 평짜리 방에서 들리는 소리의 전부였다.

"······있잖아."

"예."

쿄우카가 변함없는 위치에서 바로 대답했다. 나는 몸을

다시 돌려서 눈꺼풀을 뜬 뒤 망령처럼 창백한 얼굴을 올려다보며 말했다.

"정신 산만하니까 나가주지 않겠어?"

"네……."

쿄우카가 건성으로 대답하고서 시선을 옆으로 쓱 돌렸다.

"당신이 내게『함께해 달라』고 해서 이렇게 일부러 함께하러 와 줬건만."

"자고 있을 때는 같이 있지 않아도 돼."

쿄우카가 비난조로 말하자 나는 난감해서 탄식했다. 언제부터 있었는지 모르겠지만, 내가 자는 동안에 멍하니 서있을 셈인가?

"10시에 일어날게. 그리고……."

나는 머릿속으로 오늘 일정을 떠올려 본 뒤에 하품을 참으며 말을 이었다.

"우선 대학에 갈 거야."

어차피 죽을 테니 땡땡이를 쳐도 되겠지만, 죽음을 알게 됐기에 만나두고 싶은 지인도 있다. 애당초 정말로『죽음』이 닥칠지 어떨지 현시점에서는 알 수가 없다.

쿄우카가 "그런가요?" 하고 고개를 끄덕이고서 물었다.

"그곳에는, 나도 함께 합니까?"

"……아니. 대학교는 혼자서 갈게."

캠퍼스에 외부인을 끌어들였다는 사실이 발각되거나, 지인들이 이리저리 캐묻기라도 하면 성가시다. 오늘은 수요일, 강의가 2교시와 3교시에 있으니—.

"저녁쯤에 만나기로 할까. 나고야역 알아?"

"예."

"금시계는……?"

"알아요. 역 안에 있는 『타카시야마(대형 백화점)』라는 곳 앞에 있죠."

"맞아. 거기서 16시에 보자."

"알겠습니다."

쿄우카가 그 검은 수첩을 꺼내 펜으로 일정을 적었다.

어젯밤에 헤어질 때 물어보니 휴대폰 등 연락 수단을 갖고 있지는 않은 듯했다.

그런 게 없더라도 사신은 각자 담당하는 인간들의 위치를 정확히 알기에 필요가 없단다.

"—그럼 이만. 일단 실례합니다."

쿄우카가 수첩을 팍 덮었다. 손 안에 있던 검은 수첩이 어둠 속에 녹아들어 마법처럼 사라졌다.

"안녕히 주무세요."

쿄우카가 눈이 휘둥그레진 나를 보고서 빈손을 흔든 뒤 침대에서 재깍 멀어졌다. 나는 황급히 일어났다.

"어?! 잠깐, 저기—."

그러나 내가 몸을 일으켰을 즈음에 쿄우카의 모습은 수첩처럼 흔적도 없이 사라졌다. 문이 열리고 닫히는 소리조차 내지 않고 홀연히.

"……어라?"

졸음이 싹 달아났다. 나는 다급히 불을 켜고서 집 안을 둘러봤지만, 쿄우카의 모습은 보이지 않았다. 그녀가 아까 전에 있었던 곳에서 꽃 같은 향기가 희미하게 감돌 뿐이었다. 복도와 욕실, 화장실 안에도 인기척이 없었다. 물론 현관문도 잠금장치가 여전히 걸려 있었다. 새삼스레 의문이 솟았다.

쿄우카는 대체 어떻게 이 집에 들어왔으며, 어떻게 나간 걸까.

"꾸, 꿈……은 아니겠지?"

상식과 동떨어진 상황에서 나는 망연자실하게 중얼거렸다. 잠을 다시 잘 마음도 싹 사라졌다.

"……아! 그래, 뉴스! 분명『크로우카시스』라는 밴드의—."

나는 쿄우카가 예언처럼 말했던 밴드맨의 사고사를 떠올리고서 스마트폰으로 검색해봤다. 그러자 금세 나왔다.

오늘 심야에 인기 록밴드의 보컬리스트가 오토바이를 타다가 사고를 당하여 사망했음을 알리는 인터넷 뉴스 속보가.

자세한 시각은 적히지 않았지만, 시간대와 장소, 상황 모두 쿄우카가 어제 언급했던 내용과 아주 비슷한 듯했다. 스마트폰을 쥔 내 손이 떨렸다.

"……진짜였어."

솔직히 어제는 반신반의하는 상태였지만—.

나는 인식을 바꿨다. 역시나 쿄우카는 인간이 아니라 내 목숨을 빼앗으러 온 진짜 사신일지도 모른다고…….

◇

강의가 시작되기 30분 전, 학생들이 드문드문 보이는 넓은 강의실. 나는 창가 맨 뒷줄에 앉아 스마트폰 메모 어플과 눈싸움을 벌이고 있었다.

그 안에는 지금 읽고 싶은 소설이나 보고 싶은 영화 제목, 하고 싶은 게임, 가고 싶은 곳 등이 두서없이 나열되어 있었다.

이 메모는 내가 오늘 아침부터 고민하기 시작한 『죽기 전에 해두고 싶은 것 리스트』다.

그런데 막상 작성하려고 하니 꽤 어려웠다.

처음에는 하고 싶은 것들이 이것저것 잇달아 떠올랐지만, 점점 갈수록 뜸해지더니 지금은 손가락이 완전히 멈춰 버렸다.

마지막에 적은 내용은 『포테이토 칩스(치즈 닭갈비 맛)를 먹어보고 싶다』—. 아까 스마트폰으로 넷 서핑을 하다가 우연히 눈에 띄어 궁금해진 상품이었다. 그러나 이래서야 리스트가 아니라 단순한 메모나 다름없다.

그러나 메모에 적은 것들은 그런 소망이 대부분이었다.

리스트에 가장 먼저 적힌, 우선도가 높은 항목이라고 해봤자 좋아하는 만화를 처음부터 다시 읽거나, 마음에 들었던 영화를 다시 한번 보는 것…… 정도였다.

그리고 기껏해야 가족이나 친구들을 만드는 것 정도? 내 스스로가 진심으로 바라는 것, 이걸 하지 않으면 죽을 수 없을 것 같다고 여길 만큼 간절한 바람은 하나도 없었다.

쿄우카가 집에서 나간 후로 내가 세 시간 남짓 쥐어 짜낸 『죽기 전에 해두고 싶은 일』은 다 합쳐서 스무 개가 채 되지 않았다. 하나같이 사소한 것들이기에 7일 안에 여유롭게 처리할 수 있을 듯했다.

그 빈약한 리스트가 나라는 인간이 얼마나 텅텅 비었는지를 말하는 듯해서 무심코 쓴웃음이 흘러나왔다.

(……너무하네. 뭔가 더 있을 거 아냐. 오늘 아침부터 쭉 고민했는데 열여덟 개밖에 안 된다니……. 삶에 미련이 너무 없잖아. 이러니 곧 죽는다는 소리를 들었는데도 이렇게 태평하지.)

오늘 아침에 겪었던 일들 때문에 쿄우카가 사신이라는 신빙성이 더욱 늘었다. 죽음이 급격하게 현실미를 띠고서 엄습해 왔건만—.

나는 두려움에 벌벌 떨거나, 절망에 꺾이지 않고 그저 냉정하게 그 사실을 받아들였다.

죽음이 닥쳐온다면 어쩔 수 없다고 말이다. 그렇게 스스로의 삶을 쉽사리 포기해도 되는지 의문도 들었지만, 실제로 죽기 전에 해두고 싶은 일들을 나열해 보고 나서야 왠지 깨달았다.

사람이 『죽고 싶지 않다』고 생각하는 이유는 아마도 『아직 살고 싶다』는 미련 때문이겠지. 살아서 하고 싶은 것들이 아직 있기 때문이다.

그것이 많으면 많을수록, 절실하면 절실할수록 죽음이라는 불의의 『종결』이 닥쳐왔을 때 더 깊은 비탄과 무념, 절망을 느끼는 게 아닌가 싶었다.

그러나 나에게는 그것이 없었다. 굳이 있다고 한다면 이 메모지에 적힌 하찮은 것들뿐이었다.

그러니 죽더라도 딱히 괜찮다, 어쩔 수 없다고 받아들였는지도 모르겠다.

또한 죽기까지 일주일이라는 유예기간이 있는 점도 컸다.

적어도 어느 날 갑자기 무차별 살인마와 맞닥뜨려 칼에 찔리는 최후에 비해서는 훨씬 평온한 죽음이다. 또한 개인적으로 최대의 문제라 여기는 『죽음의 고통』도 쿄우카가 배제해 준다고 했고, 더불어서 소원까지 들어준다고 했다. 이보다 더 은혜로운— 행복한 최후는 없겠지.

그것은 솔직히 기뻐해야 마땅했다. 내가 본디 맞이했어야 할 처참한 죽음을 피하게 해준 쿄우카를 비롯한 사신들과 그 캠페인에 고마워해야겠지.

나는 새삼스럽게 그런 생각이 들었다. 그리고 스마트폰 화면을 스크롤하여 메모 가장 위에 적힌 내용을 봤다.

• 쿄우카를 웃게 한다.

보잘 것 없고, 간단히 끝낼 수 있는 바람들 중에서 그것은 가장 어려우면서도 보람이 있을 듯했다.

나는 스마트폰 메모 어플을 닫고서 멍하니 생각해 봤다.

(그 녀석…… 어떻게 해야 또 웃을까.)

그 방법이 잘 떠오르지 않았지만, 내가 죽기 전에 하고 싶은 것을 쥐어짜내는 작업보다는 편했다. 이 공허한 마음을 그런대로 채워줬다.

◇

대학교 지인 둘과 2교시 강의를 듣고서 그대로 학생 식당에 가서 수다를 떨며 점심을 먹었다. 최근에 푹 빠진 오락 이야기나 방송 이야기, 아르바이트 푸념, 개인적인 뉴스 등 두서없는 내용이었다.

나는 저렴하고 양은 많지만, 맛은 미묘한 야채 카레를 먹으면서 1년 동안에 나름 마음을 터놓고 지낸 지인들과 담소를 나누며 점심시간을 느긋하게 보냈다. 그 시간은 그럭저럭 즐겁고, 그럭저럭 지루한 일상이었으나—.

(이 녀석들이랑 수다를 떨 기회도 앞으로 한두 번밖에 안 남았나……. 어쩌면 이번이 마지막일지도 모르겠구나.)

불현듯 그런 생각이 들었다. 쓸쓸함이나 애절함 같은 감정이 일말이나마 샘솟는 것 같기도 했다. 내일 목요일은 강의가 없고, 주말부터는 골든 위크에 들어간다.

대학 친구들과 함께 강의를 듣거나, 점심을 먹거나, 학교를 마치고서 그대로 놀러가기도 했다. 그러나 휴일에 약속을 잡아서 함께 놀아본 적은 거의 없었다.

결국 그 정도밖에 안 되는 관계이니 내가 곧 죽는다는 사실을 밝히지 않았고, 귀중한 시간을 할애하면서까지 만나야겠다는 생각도 들지 않았다.

그러나 그들과 보낼 수 있는 기회도 얼마 남지 않았구나 생각하니 별것도 아닌 평범한 대화가 묘하게 귀중하고도 감개무량하게 느껴졌다. 점심시간 50분이 금세 지나갔다.

나는 아쉬우면서도 왠지 후련한 기분으로 그들과 헤어져 식당을 나섰다. 학생들로 시끌벅적한 캠퍼스를 걸으면서 다음 강의가 열리는 강의실로 향했다.

그리고 되도록 뒤쪽 구석진 자리에 앉아 턱을 괸 채로 익숙한 풍경— 사립대학다운 청결한 강의실과 담소를 나누는 남녀, 4층 창문에 비치는 푸른 하늘 등을 멍하니 바라봤다.

"하타노 선배."

그때 웬 여자가 서슴없이 말을 걸었다. 나는 머리 위로 물음표를 띄운 채 그쪽으로 시선을 돌렸다.

"아, 안녕하세요⋯⋯."

심플한 하얀 니트에 꽃무늬 롱스커트를 입고, 옅은 갈색으로 물들인 머리칼을 어깨 부근까지 단정히 늘어뜨린 귀여운 아가씨가 쭈뼛거리며 서 있었다.

나는 순간 『누구지?』하고 의아해하다가 금세 알아보고는 웃음을 지었다.

"……아아, 요시타니. 뭐야, 염색했어?"

"예, 물들여봤어요."

수줍게 머리칼을 매만지며 1학년 후배인— 요시타니 카스미가 내 오른쪽 옆에 앉았다. 살짝 펌이 된 머리카락 끝과 얇은 치맛자락, 하트 모양 목걸이가 흔들렸다. 비누향이 희미하게 내 코를 간질였다.

요시타니는 나와 시선을 마주치지 않고 곱슬거리는 머리카락 끝을 손가락으로 만지작거리며 머뭇머뭇 물었다.

"이상……한가요?"

"아니, 전혀. 아주 잘 어울리는데?"

지난주 강의에서 봤을 때는 아직 흑발에다가 딱히 펌도 하지 않았던 요시타니가 상당히 세련되게 변했다.

대학교 1학년 봄. 흔히 말하는 『대학교 데뷔』를 시도해 본 걸까? 화려하지 않고 수수했던 옷차림에도 요즘 느낌이 물씬 풍겼다. 청초하면서도 화사한 분위기를 자아냈다.

마치 딴사람처럼 보였지만, 내 말을 듣자마자 눈을 홱 내리깔고서 수줍게 어깨를 움츠리는 그 소심한 모습은 변함없었다.

"그, 그런가요……. 다행이다."

요시타니는 안도한 듯 웃음을 짓고는 유명 브랜드로 보이는 세련된 토트백에서 필기구를 꺼내며 말했다.

"염색은 처음이라서 안 어울리면 어쩌나 걱정했는데."

"나 말고 다른 지인한테는 감상을 묻지 않았어?"

"예, 아직요. 선배가 처음……인데요. 오늘 아침 미용실을 다녀오고서 바로 왔거든요."

"오늘 아침?"

시각을 보니 1시 반이 지났다. 미용실은 대개 아침 10시쯤에 문을 여니 시간이 상당히 빠듯했다. 왜 이 타이밍에?

"그거 참, 부랴부랴 하고 왔겠네."

"아하하……."

"혹시, 오늘 데이트? 모습을 보아하니 기합도 잔뜩 들어간 것 같고."

"……으?!"

내가 그렇게 묻자마자 얼버무리듯 웃던 요시타니가 흠칫 떨더니 필기구를 우르르 떨어뜨렸다. 그녀가 손을 마구 휘저으며 부정했다.

"아, 아니에요! 그런 약속은 없어요! 이, 이 모습은, 저기 하, 하타노 선배……한테……."

요시타니가 우물쭈물 중얼거리고서 고개를 푹 떨궜다. 귀까지 새빨개졌다. 너무나도 알기 쉬운 그 반응을 보고 나는 남몰래 한숨을 내뱉었다. 아아, 정말이지—.

"요시타니……."

왜 하필 이 타이밍이지.

"저기!"

요시타니가 허벅지 위에 올려둔 두 손을 불끈 쥐고서 처음으로 내 눈을 쳐다봤다. 그녀가 각오가 실린 눈빛으로 쳐다보며 힘찬 목소리로 말했다.

"하타노 선배. 이 강의가 끝나거든 시간 좀 내주지 않을래요? 제가 선배한테 하고 싶은 말이 있어서—."

◇

"—좋아해요. 선배."

마주보고 서서 내 눈을 똑바로 쳐다보며 요시타니가 고백했다.

이곳은 1호관 2층 구석, 둥근 탁자와 의자가 몇 개 놓여 있는 휴식 공간이다.

현재 시각은 15시 30분 전. 3교시 강의가 끝나고 4교시 강의가 한창 진행되고 있을 이 시간에 캠퍼스 외곽은 한산했다.

요시타니가 속삭이는 듯 가냘픈 목소리로 말했다. 그러나 우리 둘밖에 없는 고요한 세계인지라 몹시도 또렷하게 들려왔다.

"줄곧 좋아했어요. 고등학생 때부터, 줄곧……."

"어, 고등학생?"

그녀가 의외의 사실을 밝히자 나는 무심코 되물었다. 요시타니가 "예" 하고 고개를 끄덕이고서 머리칼을 매만졌다.

그러고는 부끄러운지 시선을 돌리며 물었다.

"……선배는 제가 이 대학교에서 처음으로 말을 걸었을 때를 기억하나요?"

"어. 오늘 3교시, 첫 번째 강의에서 필기구를 깜빡한 요시타니가 때마침 근처에 있던 내게 말을 걸었지. 필기구 좀 빌려 달라고."

그 강의는 『기말고사가 쉽다』는 이유로 인기가 높았다. 원래 함께 듣기로 했던 친구가 추첨에서 떨어진 바람에 나는 홀로 수강하게 됐다.

요시타니도 비슷한 상황이었지만, 대학에 입학한 지 얼마 되지 않아 달리 지인이 없었기에 큰마음을 먹고 나에게 말을 걸었다.

"그랬더니 우연히 같은 고등학교 출신임을 알고서 의기투합해서…….'"

"……예. 실은 그거, 거짓말이었어요."

요시타니가 나를 쳐다봤다. 장난이 들킨 아이처럼 겸연쩍어하는 모습으로.

"필기구를 깜빡하지도 않았어요. 그건 그저 구실이었고, 모르는 척했지만 선배가 저랑 같은 고등학교 출신이라는 것도 처음부터 알았어요."

"음…… 미안. 요시타니가 고등학교 때 나랑 일면식이 있었던가."

"아뇨, 없어요. 이름도 몰랐어요."

"어, 어? 그럼 왜—."

"이따금씩 봤어요."

내가 미간을 찡그리자 요시타니가 말했다. 고등학생 때 그녀가 가슴속에 남몰래 간직했던 이름도 모르는 남학생을 향한 마음을.

"집에서 가까운 역이었는지 학교였는지, 처음에 본 게 언제였는지도 기억은 나지 않는데…… 선배를 처음으로 의식한 때는 2학년 봄쯤이었어요. 저 사람 참 자주 눈에 띄는구나, 하고 의식하다가 자연스럽게 눈으로 쫓게 됐고…… 같은 반 남자애랑은 분위기가 다른, 우수에 찬 것 같은 느낌이 감돌아서 어른스러운 선배한테 흥미가 생겼어요."

"……진짜? 전혀 몰랐는데."

내 머릿속에서 고등학생 시절이 떠올랐다.

그 속에 요시타니의 모습은 없건만, 그녀의 추억 속에는 내 존재가 선명히 새겨져 있던 걸까? 참 신기한 감각이라서 왠지 묘하게 멋쩍었다.

요시타니가 쓴웃음을 지었다.

"뭐, 그저 보기만 했으니까요. 선배와 접점도, 인연을 맺을 계기도 없었고, 먼저 나서서 말을 걸 용기도 없어서…… 그러던 사이에 선배는 우리 학교를 졸업해 버렸어요. 전 그게 굉장히 아쉬워서…… 쭉 후회했어요. 왜 선배가 있었을 때 말을 걸지 않았을까, 왜 한 걸음을 내딛지 못했을까, 하고요. 제 스스로도 놀랐을 정도로 그 미련을 떨쳐낼 수가 없

었어요……. 동시에 불현듯 생각했어요. 아아, 난 이름도
모르는— 대화도 나눠본 적이 없는 그 선배를 사랑했을지도
모르겠구나."

"……. 그랬구나."

솔직히 대화도 변변히 해본 적이 없는 상대에게 연심을
품는 것은 개인적으로 이해가 잘 되지 않았다. 그러나 동시
에 의외로 사랑이란 그런 게 아닌가 싶기도 했다.

얼굴이 이상형이라든가, 취미가 잘 맞는다든가 이유나 계
기는 뭐든 상관없다. 다른 사람에게는 진부하기 짝이 없는
것일지라도 어떤 사람에게는 보물이 될 수 있다. 사랑뿐만
아니라 무언가를 좋아하게 되는 감정은 어떤 의미에서 훌륭
한 재능이다.

나는 요시타니가 굉장히 눈부셨다. 그리고 부러웠다.

"그래서 죽을 만큼 놀랐어요. 선배를 잊을 생각으로 열심
히 공부해서 합격한 대학교 강의실에 선배가 있어서."

요시타니가 눈을 치뜨고서 나를 쳐다봤다.

"꿈이 아닐까 싶었어요. 전 선배 이름도 모르고, 진로도
몰랐지만…… 설마 같은 대학, 같은 학부에 들어갔을 줄은
꿈에도 몰랐던지라."

갈색기가 감도는 요시타니의 두 눈동자가 눈물로 글썽였
다. 당장에라도 눈물을 흘릴 듯했다.

그녀에게는 그야말로 『운명의 재회』였겠지. 군이 표현하
진 않았지만, 그 당시 요시타니가 그렇게 느꼈으리라 쉬이

상상이 됐다.

"요 1년 동안 선배와 말도 해보지 못하고 헤어진 걸 줄곧 후회했어요. 그래서 이번에야말로 먼저 말을 걸어보자고 마음을 채근했고 그래서……."

"그런 거짓말을 했던 거구나."

"……예. 죄송합니다."

"화 안 났어."

"알아요. 선배는 다정한 사람인걸요."

시무룩했던 태도를 거두고서 요시타니가 미소를 지었다.

"고등학생 때, 옆에서 봤던 선배는 왠지 차가워서 가까이 다가가기 힘든 분위기가 풍겼지만. 실제로 대화를 해보니 의외로 온화하고 친근하고 상냥했고……, 제가 생각했던 것보다 훨씬 근사하고 매력적인 사람이었어요."

한없이 올곧은 그 마음과 눈빛이 내 가슴을 꿰뚫어서 묵직한 아픔이 일었다. 뜨뜻한 감정이 혈액처럼 번지더니 촉촉이 퍼져나갔다.

"요시타니……."

"전 선배를 좋아해요. 2년 전부터 좋아했지만, 대학교에서 만나 대화를 나누면서 점점 더 좋아졌습니다! 그러니—."

요시타니가 그 대목에서 말을 삼키고서 심호흡을 했다. 가슴에 손을 대고서 눈을 감았다. 그리고 눈을 뜨더니 긴장하여 굳어버린 얼굴과 목소리로 말했다.

"그러니 하타노 선배. 저랑, 사귀어 주세요!"

그 고백을 듣고서 나는—.

"미안, 요시타니."

요시타니의 눈동자에서 도망치듯 눈을 내리깔고서 피를 토하는 심정으로 사과했다. 요시타니가 숨을 삼킨 것을 느낄 수 있었다. 나는 테이블 위를 내려다보며 대답했다.

"난 네 마음에 응해줄 수가 없어."

요시타나는 반응을 보이지 않았다. 호흡하는 것조차 까먹은 것처럼 입을 조용히 다물었다.

"왜, 왜…… 안 되는 건가요?"

이윽고 그녀의 입에서 가냘픈 목소리가 새어 나왔다. 희미한 떨림이 느껴졌다.

"……. 그건—."

내가 곧 죽을지도 모르기 때문이야. 목구멍까지 치밀어 오른 그 말을 꾹 삼키고서 침묵했다. 요시타니가 쓴웃음을 지으며 중얼거렸다.

"제게 매력이 없기 때문이죠?"

"아냐. 그게 아냐."

나는 스스로를 비웃는 것 같은 그녀의 물음을 부정했다. 나는 변명하듯 말을 이었다.

"요시타니는 매력적이야. 차분하면서도 귀엽고, 무척 진지한 좋은 애라고 생각해. 고등학생 시절부터 날 좋아해 줬다는 말을 듣고 놀라긴 했지만, 사실 기뻤어. 마음이 아주 한결 같은 여자라고 생각했어."

쿄우카와 만나기 전이었다면, 목숨이 며칠밖에 남지 않았음을 몰랐다면 나는 아마도 요시타니의 고백을 받아들였겠지.

나에게 요시타니는 알게 된 지 얼마 안 된 후배라서 특별한 감정을 품지는 않지만, 그래도 적어도 이성으로서 매력을 느낀 것도 사실이니ー. 그리고 나를 2년 가까이 계속 생각해 준 상대의 마음을 밀쳐낼 만한 이유도 딱히 없으니까.

그러나 지금은ー.

(내가 요시타니의 고백을 받아들여 교제를 시작한다고 해도 6일 뒤에는 사별하게 돼……. 그렇다면 애초부터 안 사귀는 편이 낫겠어. 요시타니한테 공연히 슬픔을 안겨줄 바에야.)

나는 속으로 각오를 굳힌 뒤 고개를 들고서 요시타니를 봤다.

요시타니의 얼굴이 창백해졌다. 마치 이 세상이 다 끝나버린 것 같은 표정을 지었다. 나는 가슴이 욱신거렸지만 꾹 참고서 그녀를 바라보며 똑바로 전했다.

"하지만, 미안. 요시타니……."

한순간 말문이 막혔지만, 그대로 말했다.

"나, 여자 친구가 있어."

"엇ー."

요시타니의 눈이 휘둥그레졌다. 당혹감이 번져갔다.

"여, 여자 친구……. 어? 거, 거짓말…… 선배, 지금 사귀는 사람이 없다고…….”

“아주 최근에 사귀기 시작했어. 나랑 같은 데서 아르바이트를 하는 여자애랑.”

―거짓말이다. 나에게 연인 따윈 없다. 단지 고백을 거절하는 데 이 방법이 가장 손쉬울 뿐더러 미련을 남기지 않으리라 판단했을 따름이다.

더욱이 진실은 아니지만, 아주 새빨간 거짓말인 것도 아니다. 내 머릿속에서 온통 거무스름한 소녀, 내가 『최후의 시간을 함께 해달라』고 부탁했던 쿄우카의 모습이 스쳤다.

내가 먼저 소원을 말해 놓고서 『역시 딴 상대랑 시간을 보낼래』 하고 말하는 것도 경우가 아닌 듯했다. 나는 남은 7일의 여생을 그 쌀쌀맞은 사신소녀와 보내기로 결정했다.

“그러니까, 미안.”

“……으!”

요시타니의 얼굴이 일그러졌다. 고개를 푹 떨구고서 입술을 세게 깨물었다.

무릎 위에서 쥔 그녀의 주먹과 날씬한 몸이 부들부들 떨렸다. 앞머리로 가려진 눈가에서 물방울이 뚝 떨어졌다.

“하타노, 선배―.”

“미안.”

나는 밀쳐내듯 사과하고서 자리에서 일어나, 오열하는 요시타니에게서 등을 돌렸다.

“……나, 볼일이 있어서.”

나는 짧게 대답하고서 요시타니의 대답을 기다리지도 않고 종종걸음으로 걸어갔다.

욱신거리는 가슴 통증과 그곳에서 넘쳐나는 뜨거운 감정, 흐느껴 우는 요시타니에게서 도망치듯이.

◇

대학교 인근 역인 호시가오카에서 히가시야마선(線) 지하철을 타고서 15분— 나는 나고야에서 두 정거장 떨어진 사카에역에 내려 거리를 휘청휘청 걷다가 적당한 카페에 들어갔다.

카운터에서 주문을 마치고서 벽 쪽 테이블석에 앉았다. 바깥에서도 잘 보이지 않고, 가게 입구에서도 눈에 띄지 않는 곳이었다. 나는 아이스커피를 한 모금 들이킨 뒤 바지 주머니에서 스마트폰을 꺼내 현재 시각을 확인해봤다.

16시 12분.

메일 대신에 사용하는 메신저 어플에서 요시타니가 보낸 세 건의 메시지를 알려왔다. 그러나 지금은 도저히 읽을 마음이 들지 않는지라 애써 못 본 척 스마트폰을 놔버렸다. 나는 가방 속에서 좋아하는 소설을 꺼내 머릿속을 맴도는 잡념을 덧칠해 버리듯 활자들을 쫓기 시작했다.

"—케이."

그 직후. 속삭이는 것 같은 가냘픈 목소리가 귓불을 때렸다. 나는 흠칫 경직해서는 문고본을 보던 시선을 위로 올렸다. 차가운 인형처럼 생긴 소녀가 탁자 옆에 서서 유리 같은 검은 눈동자로 나를 내려다봤다.

"쿄우카……."

"16시에 나고야역 금시계에서 만나자고 했죠?"

쿄우카는 여전히 무표정하고 말투도 담담했다. 약속을 깨 버린 나를 책망하거나, 화를 내는 분위기가 아니었다.

펼쳐진 소설책을 덮고서 스마트폰으로 다시금 시각을 확인해봤다. 16시 15분.

나는 커피를 한 모금 마셔 급격하게 메마른 목을 축인 뒤에 말했다.

"……했지. 넌 약속했던 그 시간에 딱 그곳에 있었어?"

"예, 있었어요."

내가 묻자 쿄우카가 대답하고서 맞은편 의자에 앉았다. 주문은 하지 않았는지 빈손이었다.

"5분 전에 도착했습니다. 근데 시간이 됐는데도 케이는 오질 않고, 사카에 거리를 어슬렁거리다가 이 가게에 앉은 걸 확인했죠. 대체 무슨 생각인지 사정을 물어보려고 왔습니다."

"나고야역 금시계에서?"

"그래요."

쿄우카가 고개를 끄덕였다. 나고야역에서 사카에역까지 지하철로 5분쯤 걸린다. 역 안과 거리를 지나는 이동시간까지 포함한다면 아무리 못해도 금시계에서 이 카페까지 20분 이상은 걸릴 터였다.

"……순간이동이라도 했어?"

"글쎄요. 뭐, 그렇다고 해두죠."

내가 전율하자 쿄우카가 선선히 수긍하고서 물었다.

"케이. 혹시 당신은 애초부터 약속을 깰 작정으로 만날 장소와 시간을 지정한 겁니까? 날 시험하려고……."

"글쎄. 뭐, 그렇다고 해두지."

나는 쿄우카의 말투를 흉내 내며 고개를 끄덕이고서 어깨를 들먹였다.

지난번에 쿄우카가 『자신을 비롯한 사신들은 각자 담당하는 인간의 현재 위치를 정확히 알 수 있다』라고 했다. 그 말이 사실이라면 설령 약속한 장소와 시간에 나타나지 않더라도 내 위치를 밝혀낼 수 있으리라 짐작했다.

GPS처럼 내 현재 위치를 파악할 수 있다면 내가 훌쩍 들어간 카페의 안쪽 테이블석까지 올 수 있지 않을까…… 하고.

그 행동은 쿄우카를 시험하는 것처럼 비쳤겠지. 그러나 속내를 말하자면 그저 잠시 홀로 있고 싶었을 뿐이었다.

요시타니의 고백을 거절하여 그녀를 슬프게 만들었다는 죄책감과 짜증. 이 욱신거림을 누그러뜨리기 위해서 내 마음을 한번 진정시키고 싶었건만―.

"……설마, 이렇게 빨리 올 줄은 생각도 못했어."

나는 느긋하게 읽을 작정이었던 소설을 집어넣은 뒤 얼음이 거의 녹지 않은 커피를 마시고서 한숨을 흘렸다.

"민폐였나요?"

쿄우카가 물어본 뒤 일어섰다.

"민폐였다면 이만 물러나도록⋯⋯."

"잠깐, 잠깐!"

나는 쿄우카를 붙들어 두고서 가슴속을 그을리는 열기를 억지로 식히고자 아이스커피를 들이켰다. 시간은 한정됐다. 언제까지고 질질 끌 수는 없었다.

"딱히 민폐는 아냐. 조금, 놀랐을 뿐이야⋯⋯. 오늘은 이제부터 너랑 함께 해보고 싶은 게 있어."

"⋯⋯네. 뭔가요?"

"쇼핑이야."

나는 눈빛이 깨나른해 보이는 쿄우카에게 말하고서 미소 지었다.

"마지막으로 읽어두고 싶은 만화나 보고 싶은 영화, 하고 싶은 게임, 듣고 싶은 CD를 쫙 사버릴 거야. 너도 뭔가 갖고 싶은 게 있다면 내친 김에 사줄게. 아르바이트랑 집에서 보내준 용돈 덕분에 지금은 꽤 있으니까."

"갖고 싶은 것⋯⋯."

쿄우카가 중얼거리고서 내 눈동자를 쳐다봤다. 그러고는 시선을 내려 가슴 주변을 바라보며 대답했다.

"굳이 말하자면 당신의 영혼이겠네요."

◇

　나는 쿄우카와 카페에서 나왔다. 그리고는 사카에에서 오스 방면으로 걸어갔다.

　나고야 거리는 수도권에 뒤지지 않을 만큼 번화했다. 그러나 현 내에서 대학생이 놀 만한 장소는 의외로 한정됐다. 그만큼 사람도 집중되기에 이곳 사카에에서 오스에 이르는 구역은 늘 수많은 젊은이들로 북적거렸다.

　"─좋아. 뭐, 이만하면 됐나."

　나는 서점을 돌아다니며 눈길이 가는 책들을 사들이고, 레코드 가게에서 앨범을 물색했다. 그리고 오스 상점가에서 게임 소프트와 DVD를 구입했다.

　나는 참조하던 『죽기 전에 해두고 싶은 것 리스트』를 닫고서 만족스레 고개를 끄덕였다.

　시각은 18시 30분 전. 거의 예정대로였다. 하늘이 약간 어두워지니 가로등도 하나둘씩 켜지기 시작했다.

　"일단 갖고 싶었던 걸 한바탕 구입했으니…… 밥이나 먹을까. 쿄우카는 뭐 먹고 싶은 거 있어?"

　"……아뇨. 딱히."

　쿄우카의 태도는 여전히 차갑고 쌀쌀맞았다.

　나는 "그럴 줄 알았지" 하고 쓴웃음을 지으며 스마트폰 인터넷을 켰다. 사카에·오스·저녁·추천 등의 단어로 검색하여 가게 평점을 살펴보고서 말했다.

"그럼 내가 먹고 싶은 고기구이집으로."

"네. 마음대로 해요."

철저히 수동적이고 무관심한 쿄우카와 어깨를 나란히 하며 걸어 나갔다.

음식점이나 약국, 옷가게와 액세서리점이 잡다하게 늘어선 상점가를 되짚으면서 나는 쿄우카에게 물었다.

"쿄우카는 평소에 어떤 식으로 거리를 산책해?"

"안 해요."

쿄우카가 시선을 앞에 고정한 채로 대답했다.

"예전에 말했다시피 우리 사신은 매일 영혼을 회수하는 작업에 눈코 뜰 새 없이 바쁜지라……. 거리를 느긋하게 거닐 만한 시간도, 그럴 필요성도 없습니다. 우린 그저 죽어가는 인간 곁으로 가서 최후를 지켜본 뒤 영혼을 회수, 곧바로 다른 현장으로 향하는— 그런 나날의 연속입니다."

"힘들겠네. 매일 그렇게 바삐 보내면 지치겠지."

"아뇨, 괜찮습니다. 우리 사신들은 피로를 느끼지 않으니까요."

쿄우카가 표정을 거의 움직이지 않고 입술만 벌려서 진지하게 단언했다. 학생으로 보이는 청년이 스쳐 지나면서 어리둥절한 눈으로 쿄우카를 쳐다봤다.

스스로를 사신이라고 자칭하는 머리가 이상한 아이라고 여겼을지도 모르겠다. 굳이 말하자면 나 역시 처음에는 그렇지 않을까 의심했지만.

"흐으음…… 그럼 잠을 잘 필요도 없어?"

나는 쿄우카의 옆얼굴을 살피면서 물었다.

화장의 흔적은 보이지 않는데, 창백한 피부는 투명하고
예뻤다. 마치 인형처럼 아름다웠다. 표정이 거의 변하지 않
아서 인간미가 느껴지지 않는 소녀지만, 그 모습은 영락없
는 인간이었다. 우리와 별반 다르지 않은 존재처럼도 느껴
졌다.

그래서 아직껏 실감이 나지 않았다. 이렇게 나란히 걷고
있는 소녀가 인간이 아닌 사신이고, 앞으로 그녀가 내 목숨
을 빼앗아 간다는 사실을ㅡ.

"그렇죠. 자지 않더라도 딱히 지장은 없어요. 다만 스케
줄이 없거나, 해야 할 일이 없을 때는 휴면 상태에 들어가
곤 합니다. 잘 필요는 없지만 깨어 있을 의미도 없어서."

"아아…… 그거, 왠지 알겠어. 나도 휴일에 할 일이 너무
없어서 잠만 계속 자곤 하는걸."

사신인 쿄우카에게서 의외로 공감할 부분이 있어서 나는
미소를 지었다.

ㅡ잘 필요는 없지만 깨어 있을 의미도 없다. 그 감각은 왠
지 체념과도 같은 내 생사관과 닮은 것 같았다.

한편으로 그런 상대이기에 즐겁게 만들어 주고 싶다고도
생각했다. 그러고 보니 오늘은 아직 한 번도 그 근사한 표
정을 보지 못했다.

"잠깐 어디 들렀다가 갈까."

나는 쿄우카를 채근하여 왼쪽 게임센터에 들어간 뒤 상품 게임기가 쭉 늘어선 1층을 돌아다니기 시작했다. 대량으로 설치된 게임기에서 흘러나오는 전자음악과 효과음 등이 한데 뒤섞여서 실내가 시끄럽고 요란스러웠다.

나는 쿄우카의 귓가에 얼굴을 가져가며 물었다.

"저기, 쿄우카. 저 중에서 마음이 가는 게 있어?"

"……."

쿄우카가 입술을 움직여서 대답했지만, 그 작은 목소리가 소음에 묻혀버려서 전혀 들리지 않았다.

"응, 뭐? 못 들었어. 더 크게 말해줬으면 좋겠어."

"우—."

쿄우카가 얼굴을 살짝 찡그렸다. 귀에 손을 대고서 윗몸을 숙인 나에게 입을 가까이 대고서 외쳤다.

"없습니다!"

나는 예상치 못한 성량에 놀라서 뒤로 자빠질 듯 얼굴을 확 뗐다. 웅웅거리는 귀를 매만지며 쿄우카의 얼굴을 물끄러미 쳐다봤다. 그녀의 표정은 여전히 진지했지만 왠지 언짢아하는 것도 같았다.

"……뭔가요?"

"아니, 쿄우카가 지금 화를 냈나 싶어서."

"화를 냈다? 딱히 화나지 않았는데요."

쿄우카가 가냘픈 목소리에 힘을 실어서 강하게 부정했다.

"주변이 하도 시끄러워 목소리가 잘 뻗치질 않아서 쓸데없이 힘을 쓴 바람에…… 지쳤을 뿐이에요. 말하기 어려우니 말 걸지 말아주세요."

쿄우카의 목소리는 늘 작다. 커다란 소리를 내는 데 익숙하지 않은지 그녀가 시무룩해졌다.

"그, 그래? 미안해."

나는 쿄우카의 표정이 조금이나마 변했다는 데 만족하면서 사과했다. 그 뒤에는 묵묵히 실내를 돌아다니며 적당한 상품 게임기를 찾았다.

투명한 기체 안에 담긴 경품— 인형이나 피규어, 과자와 잡화들 중에서 내 눈길을 끈 것은 가장 거대한 캐릭터 쿠션이었다.

동그스름한 검은 몸통에 날개가 조그맣게 나있고, 회색 부리와 동그랗고 검은 눈동자가 달린 까마귀처럼 생긴 인형 쿠션이었다.

왠지 쿄우카와 잘 어울릴 것 같았다. 까마귀하면 죽음을 상징하는 불길한 동물이기도 하니 사신에게는 딱 맞겠지.

"……『복슬복슬 새 경단』시리즈? 나베 요리가 먹고 싶어지는 이름이네."

나는 천 엔짜리 지폐 한 장을 백 엔짜리 동전으로 바꾼 뒤 기계에 넣었다. 쿄우카가 지켜보는 앞에서 익숙지 않은 인형뽑기에 도전했다.

"이거 해본 지 몇 년쯤 됐지만, 뭐 천 엔 안에서 어떻게든 되겠지?"

가로 방향과 세로 방향, 두 종류의 버튼으로 크레인을 조작하여 기계 안에 있는 경품을 노린다. 첫 시도인데도 내 조작은 거의 완벽해서 활짝 벌린 금속 집게가 인형을 멋지게 잡아냈다. 나는 무심코 주먹을 쥐었다.

"좋아! 땄어—."

—덜커덩. 그러나 인형을 끌어올리려는 순간에 좌우 발톱이 둥그스름한 몸통을 따라서 미끄러졌다. 인형이 어이없이 떨어져 버렸다.

"큭?! 간단한 것 같으면서도 의외로 어렵네, 이거. 하지만 이번에야말로…….

—덜커덩. 내가 조작하는 집게가 몸을 쓰다듬자 인형이 몸부림을 쳤다.

세 번, 네 번, 다섯 번을 도전해 봤지만 인형은 좀처럼 잡히지 않았다. 교환한 백 엔짜리 동전이 점점 줄어갔다. 나는 초조함과 짜증이 솟았다.

"하? 방금 건 왜 못 잡은 건데! 꽉 붙잡았잖아! 이 기계, 집게 힘이 너무 약한 거 아냐…….

"너무 못하네요."

바로 그때 쿄우카가 옆에서 불쑥 독설을 내뱉었다.

나는 귀로 예민하게 듣고서 "뭐?" 하고 쿄우카를 쳐다봤다. 그녀는 차가운 눈빛으로 투명한 기계 안에 담긴 까마귀의 무기질적인 눈을 바라보고 있었다.

나는 쿄우카에게 마지막으로 남은 백 엔짜리 동전을 들이

밀었다.

"……그럼 어디 네가 한 번 해봐. 생각보다 어려우니까."

쿄우카가 나를 쳐다본 뒤 앞으로 내밀어진 동전을 내려다봤다. 그녀가 침묵하다가 고개를 끄덕였다.

"예, 좋아요. 이 버튼들로 크레인을 움직여서 저 동그랗고 뚱뚱한 새를 붙잡아 구멍 안에 떨어뜨리면 되는 거죠?"

"맞아. 붙잡아서 끌어올리는 작업은 집게가 자동으로 해주니까 쿄우카는 집게가 내려갈 위치만 조정하면 돼."

"알겠습니다."

쿄우카가 백 엔짜리 동전을 받아서 기계에 넣은 뒤 보란 듯이 게임에 도전했다. 하얗고 홀쭉한 검지로 버튼을 눌러서 가로로 이동. 손가락을 떼니 크레인이 흔들리며 정지했다. 위치는 나쁘지 않았다.

"……."

쿄우카는 등을 쭉 펴고서 자못 지루해 보이는 눈빛으로 집게를 쳐다봤다.

얼마나 깊숙이 들어가는지 옆으로 이동하여 들여다보지도 않고, 꼿꼿이 선 채로 세로 이동 버튼을 누르고서 뗐다. 집게가 금속 발톱을 벌리며 서서히 내려가 인형을 그 사이에 끼웠다. 그러고는 그대로 무난하게 들어올렸다.

"엥?!"

내 눈이 휘둥그레졌다. 좌우 발톱이 작은 날개의 밑동에 파고들어 동그랗고 거대한 까마귀의 봄봉을 단단히 띠웠다. 집게에 들린 까마귀가 하늘을 날듯 이동했다. 암이 다시 벌어진 순간 바로 아래에 있는 구멍으로 툭 떨어졌다. 나는 입을 쩍 벌렸다.

"거짓말……."

"그렇군요."

쿄우카가 나를 봤다. 그리고 뺨을 으스스하게 콱 일그러뜨리며 과시했다.

"아주 간단한데요, 케이?"

나는 어깨를 축 늘어뜨리고서 고개를 떨궜다.

"……내가 졌어. 대단하네, 쿄우카."

설마 첫 시도만에 쉽사리 따낼 줄은 몰랐다. 쿄우카가 무력감과 패배감에 괴로워하는 나에게 인형을 내밀었다.

"자요. 갖고 싶었죠?"

"음. 아니—."

나는 평소처럼 진지한 표정으로 되돌아온 쿄우카를 쳐다보며 말했다.

"그거, 너한테 줄게. 네가 딴 경품이니까."

"……뭐, 그렇긴 합니다만."

내가 인형을 되밀자 쿄우카가 눈을 껌뻑이고서 자기 머리보다도 큰 쿠션을 내려다봤다. 그러고는 두 손으로 잡고서 꾹꾹 힘을 줬다.

"이런 걸 받아봤자—."

쿄우카가 말을 채 끝내지 않고 멈췄다. 인형을 잡은 손에 힘을 주어 그 형태를 꾸욱꾸욱 변형하면서 그 감촉을 즐기 듯 갖고 놀았다.

"······흐음."

손바닥만으로는 성이 차질 않았는지 가슴에 품고서는 세게 끌어안았다. 무표정한 얼굴로 뺨을 비비면서 혼잣말을 내뱉었다.

"흠흠. 이거 꽤······."

"기분 좋아?"

"······예, 나쁘지는 않네요."

"그거 다행이네."

쿄우카가 새침하게 대답하자 나는 어깨를 들먹이며 웃었다. 그녀는 여전히 무표정했지만, 그 두 눈은 기뻐하듯 듯 살짝 가늘어졌다.

그 모습을 보고서 내 가슴에서 익숙한 감정이 어렴풋하게 솟았다. 간지러우면서도 따뜻하고, 동시에 가슴을 옥죄는 것 같은 고통을 수반하는 감정.

요시타니가 고백했을 때 느꼈던 것과 비슷하지만, 그보다 더 달콤한 기분을 내가 의식했을 때······.

불현듯 시선이 느껴졌다. 살갗에 끈적끈적 달라붙는 것 같은 누군가의 강한 시선을.

"······어?!"

나는 별안간에 뒤를 돌아봤다. 그러나 수상한 인물은 딱히 없었다. 하나 떨어진 기체 앞에서 인형뽑기를 사이좋게 즐기는 젊은 남녀가 있을 뿐이었다.

착각한 걸까—.

"케이."

내가 험악한 얼굴로 굳어있자 쿄우카가 물었다.

"왜 그러죠?"

"……아무것도 아냐."

순간 엿새 뒤에 나를 찌를 살인마가 머릿속을 스쳤지만, 말도 안 된다며 부정했다. 머릿속에서 불길한 예감을 떨쳐 냈다.

그 무차별 살인마의 범행은 아마도 우연. 나에게 개인적인 원한을 품은 사람의 소행은— 아닐 것이다.

나는 둥그스름한 까마귀 인형 쿠션을 끌어안은 채 털을 만끽하는 쿄우카를 다시 쳐다보며 찜찜한 기분을 털어내고자 웃었다.

"그냥 배가 고파서. 딴전은 그만 부리기로 하고, 슬슬 저녁밥이나 먹으러 가자. 어제 그 파르페보다 더 맛있는 걸 많이 사줄 테니까."

◇

오스의 게임센터를 뒤로 한 우리는 다시 사카에 방면으로 돌아갔다. 그러고는 적당한 프랜차이즈 고기구이집에서 저녁을 먹었다.

인생이 얼마 남지 않았으니 평소에는 발길이 잘 가지 않는 고급 음식점에 갈까도 생각했지만, 슬프게도 내 저금액도 한정되어 있다.

아직 첫날이다. 처음부터 돈을 너무 많이 쓰면 후반부에 궁색해질지도 모른다. 나는 생각을 고쳐먹고서 당초 예정을 변경하여 대학생의 얇은 지갑으로도 마음껏 먹을 수 있는 음식점으로 도피했다. 세 종류 코스 중에서 가장 비싼 코스를 선택한 것이 그나마 내가 부릴 수 있는 소소한 사치였다.

나는『죽기 전에 해두고 싶은 것 리스트』에 적힌『저금을 신경쓰지 않고 값비싼 고기를 배터지게 먹는다』라는 내용에서『값비싼』이라는 단어를 지운 뒤 그 옆에 완료를 의미하는 동그라미를 그렸다.

가게 출구에서 스마트폰을 집어넣고서 돌아봤다.

"—자, 이제 어쩔까?"

"글쎄요. 내게 물어본들."

쿄우카가 인형을 안은 채로 쌀쌀맞게 응답했다.

감촉이 어지간히도 마음에 들었는지 쿄우카는 거리를 걷는 중에도 인형을 줄곧 끌어 안았다. 저녁을 먹으면서도 거의 품에서 떼질 않았다.

식사도 변변히 하지 않았다. 밥 조금과 고기 몇 조각만 먹고서는 아직 서투른 젓가락을 내려두고서 인형을 끌어안으며 내가 혼자서 식사하는 모습을 멍하니 쳐다봤다.

내가 은밀히 기대했던, 파르페를 처음 먹었을 때 보여줬든 그 웃음도 짓질 않았고 시종 무표정했다. 아마도 오늘밤에 먹은 고기구이가 어제 그 파르페만큼 가슴을 울리지는 못했던 모양이었다.

쿄우카가 인형의 몸통에 난 작은 날개를 두 손으로 주물주물 갖고 놀면서 까마귀를 닮은 무기질적인 검은 눈동자로 나를 쳐다보며 말했다.

"당신이 하고 싶은 걸 마음껏 하면 되지 않을까 싶어요. 난 그 시간을 함께할 뿐입니다."

"하고 싶은 것이라……."

나는 그 자리에서 잠시 조용히 생각한 뒤 손에 들린 짐을 쳐다봤다.

"지금은 집에 돌아가서 느긋하게 지내고 심정일지도? 책, DVD, 게임 같은 걸 이것저것 잔뜩 사버렸으니까. 이 녀석들을 소화하면서 방에서 뒹굴뒹굴 지내기로 할게. 혼자서 마음 편히 놀고 싶으니까 넌 함께하지 않아도 돼."

"그런가요?"

쿄우카가 고개를 끄덕이자 나는 물었다.

"다시 『사신계』로 돌아가는 거야?"

"그렇죠. 보고서를 써야만 하니…… 당신이 집에 들어가는 걸 본 뒤에 돌아갑니다. 밤에 당신이 자는 동안에는 함께 하지 않아도 되죠?"

"어. 오줌을 지릴까 봐 무서우니 굳이 머리맡에 서있지 않아도 돼."

"……알겠습니다. 그럼 내일 아침, 당신이 눈을 뜰 즈음에 다시 찾아오겠습니다. 내일 일정은?"

"글쎄. 아직 확실히 정해진 건 없지만, 아마도 오늘 밤에 이어서 집에서 하루 종일 뒹굴거리지 않을까 싶네. 책을 읽거나 게임을 하거나 하면서."

대학교를 쉬는 내일은 원래 오후부터 아르바이트가 예정되어 있다. 그러나 핑계를 대서 쉴 작정이다.

친한 직장 친구와 얼굴을 마주한 지 하루밖에 안 됐고, 다음 월급이 들어올 즈음에는 세상을 떠나겠구나 싶으니 땀을 삐질삐질 흘리며 일하러 가는 것도 왠지 우스웠다.

직장에 민폐를 끼치게 되겠지만, 사태가 사태이니만큼 어쩔 수 없었다. 연휴 중에 편성된 근무도 급한 볼일이 생겼다며 바꿔달라고 하자.

설득력 있는 이유를 꼽자면 예를 들어 가족의 불상사? 거짓말치고는 최악이지만, 꼭 거짓말이라고는 할 수 없으니 세이프가 아닐까?

─가까운 미래, 6일하고도 두 시간쯤 뒤에 나는 죽는다. 그리고 7일 중에 하루, 나에게 남겨진 인생 중 7분의 1이 거의 다 끝났음을 자각했는데도 나는 여전히 냉정했다.

"……6일이라."

오피스빌딩의 그림자가 거뭇게 드리워진 거리를 바라보며 중얼거렸다.

"짧은 것 같으면서도 길구나…."

이때 내 마음속에는 여명이 앞으로 6일밖에 남지 않았다는 아쉬움과 동시에 아직 6일이나 남았다는 안도감이 혼재하여 불안정하게 뒤흔들렸다.

지금은 후자 쪽으로 기울어졌다. 쿄우카와 만나 자신의 죽음을 의식하기 시작했을 때부터 시간의 흐름이 묘하게 무거워지고 느릿해진 듯했다. 지금껏 무미건조하게 흘려보냈던 시간의 밀도가 급격하게 늘어났다. 그래서 하루가 길게 느껴졌다. 아직도 6일이나 남았다고 생각하니 얼떨떨했다.

나는 커다란 미련도, 할 일도 없기에 죽음의 순간이 시시각각으로 닥쳐오는 데도 내일 이후의 일정조차 명확히 정하지 못했다.

"쿄우카."

밤거리를 보던 시선을 쿄우카 쪽으로 돌린 뒤 불렀다.

검은 쿠션을 품에 안은, 위아래가 온통 거뭇한 소녀가 여러 빛깔로 찬연한 거리의 불빛 속에 있으니 더더욱 뿌옇고 불명확한 존재처럼 느껴졌다. 마치 그림자처럼.

나는 유리 같은 그녀의 눈동자를 쳐다보며 말했다.

"오늘은 고마워. 즐거웠어."

"……네."

쿄우카가 미소 짓는 나를 무시근하게 쳐다본 뒤 별 감정 없는 목소리를 흘렸다.

"다행이네요. 전—."

쿄우카가 고개를 떨궜다. 잠시 뒤 고개를 든 그녀가 인형처럼 가지런한 얼굴을 꽉 일그러뜨리고서 으스스하게 웃었다.

"저도, 즐거웠……는데요?"

"하하. 그래?"

진짜 웃을 줄 모르는구나. 애교는커녕 공포만 느껴졌다.

"그럼 나도 다행이야."

나는 쿄우카의 부자연스럽기 짝이 없는 표정에 쓴웃음을 짓고서 발걸음을 돌렸다. 어둠과 빛이 한데 녹아든 도시의 거리를 역 쪽으로 걸으면서 새삼 생각했다.

나에게는 살아야만 하는 미련도, 특별히 하고 싶은 것도 없지만, 그래도 적어도 죽기 전에 한 번쯤은 쿄우카가 진심으로 웃는 모습을 보고 싶다……고.

2018년 4월 25일 보고서

하타노 케이 담당 사신 쿄우카

오늘은 16시가 지난 후부터 대상자와 『쇼핑』을 함께했습니다. 그 이전의 일정이었던 대학교는 아침에 방문하여 들었던 대상자의 의사를 존중하여 함께하지 않았습니다.

그래도 혹시 몰라서 모습을 감추고서 은밀히 모습을 살펴봤으나 눈에 띄는 트러블은 없었고, 학우로 추정되는 사람들과 평소처럼 하루를 보낸 듯했습니다.

유일한 트러블은 저와 만나기로 한 약속을 어긴 겁니다. 그것은 대상자의 의도적인 행동이었으며 「사신이 대상자의 위치를 안다」는 제 이야기가 진실인지 확인하려는 게 목적이었습니다. 대상자는 꽤나 의심이 많은 성격인 듯합니다.

또한 쇼핑하던 중 대상자의 심리 상태는 어제와 변함없이 평온해 보였고, 느긋하게 돈을 쓰면서 즐겼습니다. 저는 대상자가 여러 장소를 돌아다니며 쇼핑을 하는 동안에 곁에 있었고, 말동무도 해줬습니다. 그리고 불필요한 음식도 섭취했습니다만…… 신기하게도 불쾌하지는 않았습니다.

아마도 제가 대상자의 미련을 순조롭게 해소해 나가고 있기 때문이겠죠.

참고 : 대상자가 『인형』이라는 감촉이 참 좋은 물품을 줬습니다만, 사신계로는 가지고 갈 수가 없으므로 놔두고 왔습니다. 조금, 아쉽습니다.

Day 2

: 사신이 있는 풍경

"좋은 아침입니다."

이튿날 아침, 7시가 지난 시각. 소파에 누워서 문고본을 탐독하던 나에게 누군가가 가냘프게 말을 걸었다. 나는 흠칫 놀라 고개를 돌렸다.

칠흑 원피스를 입은 흑발 소녀— 쿄우카가 입구에 서서 생기 없는 눈동자로 쳐다봤다. 배후에 있는 문은 굳게 닫혀 있었다. 나에게 말을 건 순간까지 기척을 느끼지 못했으니 그곳에 홀연히 나타난 모양이었다.

무심코 호흡을 멈췄던 나는 숨을 깊이 내뱉었다.

"……쿄우카. 다음에 올 때는 초인종을 누르고서 현관문으로 들어와 줘. 느닷없이 집 안에 있으면 깜짝 놀라잖아."

"……네. 미안합니다. 앞으로는 그렇게 하도록 할게요."

쿄우카가 감정이 전혀 담기지 않은 목소리로 사과하고서 고개를 숙였다. 나는 물었다.

"요전처럼 사신계에서 내 집으로 바로 순간이동한 거야?"

"예. 육체라는 것에 구속받지 않는 우리 사신은 가고 싶은 곳을 머릿속에 떠올리기만 하면 이동할 수가 있으니까요."

그렇게 말하자마자 문 앞에 서있던 쿄우카의 모습이 팟 사라졌다. 나는 무심코 "엇" 하고 소리를 내면서 눈을 번쩍 떴다. 그 순간.

"—이런 식으로."

쿄우카가 내가 누워 있던 소파 옆에서 나타나 깜짝 놀란 나를 무표정하게 내려다봤다.

나는 입을 쩍 벌린 채로 유령처럼 창백한 그 미모를 쳐다봤다.

"조, 좋은 아침……. 설마 실제로 보여줄 줄은 몰랐어."

"입으로 설명하기보다 실제로 보여주는 편이 납득시키기 편할 것 같아서. 어떤가요?"

"……일단, 네가 인간이 아니라는 건 알았어. 아니, 알고는 있었지만…… 역시 눈으로 직접 보니 느껴지는 충격이 다르네."

"그런가요."

쿄우카가 만족스레 고개를 끄덕이고서 소파 앞에서 멀어졌다. 순간이동이 아니라 걸어서 방 안쪽—, 쳐져 있는 커튼 앞에 소파와 직각 방향으로 놓인 침대로 향했다. 그러고는 침대 위에 굴러다니는 까마귀 인형 쿠션을 집어 들더니 끌어안고서 동그란 몸통에 얼굴을 묻었다.

그런 쿄우카의 모습을 바라보니 맥이 풀리면서 긴장이 풀렸다. 나는 문고본을 덮고서 쓴웃음을 지으며 몸을 일으켰다.

"그 인형이 진짜 마음에 드나 봐……."

쿄우카가 푹 빠진 인형 쿠션은 내가 어제 선물해 준 것이었다. 그러나 영계인 사신계에는 갖고 갈 수가 없으므로 그녀가 그곳으로 돌아간 동안에는 내가 맡아두기로 했다.

"어지간히도 그리웠나 보네."

"……케이."

쿄우카가 내 중얼거림에는 반응하지 않고 침대 가장자리

에 걸터앉더니 인형을 끌어안은 채로 물었다.

"오늘 하루는 이 방에서 보내는 거죠?"

"어. 그럴 생각이야."

"수면은 취하지 않아도 됩니까?"

"으~음. 그렇지……."

결국 나는 어젯밤부터 오늘 아침까지 한숨도 자지 않았다.

구입한 비디오 게임을 플레이하고, 만화와 소설을 닥치는 대로 읽었더니 어느새 날이 밝았다. 나는 하품을 크게 하고서 무거운 눈꺼풀을 부비며 대답했다.

"……왠지 자는 것도 아까워서 오늘은 이대로 깨어 있을래. 죽기 전까지 읽고 싶은 책이나 보고 싶은 영화, 클리어하고 싶은 게임도 아직 많이 남았으니까."

"그런가요."

쿄우카가 고개를 끄덕이고서 안고 있던 인형을 놓았다.

"그럼 난―."

"쿄우카. 너도 나랑 어울려 줘."

쿄우카가 일어서서 돌아가려고 하자 나는 부탁했다. 그러고는 벽 쪽에 있는 책장에서 단행본 여러 권을 뽑으며 물었다.

"쿄우카는 만화를 읽어본 적 있어?"

"없죠."

"글자를 읽을 수는 있지?"

"……당연합니다. 최소한의 교양은 갖췄으니까요."

"그래? 그럼 문제없겠네. 만화란 글과 그림이 합쳐져 있는 책으로 이런 식으로 읽는 거야. 오른쪽에서 왼쪽, 위에서 아래로 칸을 따라가면서……."

나는 살짝 발끈한 쿄우카에게 만화책을 펼쳐 보여 주면서 읽는 법을 알려줬다. 그녀가 "네" 하고 맥 빠지게 대답했다.

"당신이 내게 읽으라고 하니 읽긴 하겠지만."

"제발 읽어줘."

나는 쿄우카에게 추천하는 만화를 넘겨주고서 빙긋 웃었다.

"나랑 함께 빈둥빈둥거리자고."

◇

"—후우."

읽던 소설을 덮고서 소파 등받이에 몸을 기댔다.

한 시간 전에 졸음을 깨려고 끓였던 커피는 완전히 다 식어 버렸다. 찌를 것 같은 떫은 맛이 혀 위에 퍼졌다.

(결말이 애절하긴 했지만 좋은 얘기였어…….)

나는 머그컵을 기울이며 눈을 감고서 이야기의 여운에 잠겼다. 타임슬립으로 유소년기로 돌아간 남자가 과거를 고쳐나가는 이야기였다.

남자는 처음에 갖고 있던 기억을 활용하여 잘 처세했지만, 사소한 일로 미래가 크게 바뀌고 이윽고 예기치 않은 사건으로 발전해 나가는 스토리였다. 중반에서 종반에 걸쳐 첫 번째 인생에서는 알지 못했던 사실들이 잇달아 밝혀지는 전개가 압권이었다. 단숨에 다 읽어버렸다.

역시나 이 작가의 작품은 훌륭한 것 같다. 더는 신작을 읽을 수 없다는 것이 몹시도 안타까웠다.

(전개가 궁금한 연재 만화와 좋아하는 영화 후속편도 더는 볼 수가 없겠구나. 그게 가장 큰 미련일지도 모르겠어.)

한탄하고 있으니 문득 쿄우카가 떠올라서 침대 쪽으로 시선을 돌렸다.

"……."

쿄우카가 침대 가장자리에 걸터앉아 까마귀 인형 쿠션을 끌어안은 채로 졸려 보이는 눈으로 만화를 읽고 있었다. 머리 모양이 모히칸인 사신이 오토바이를 타고 돌아다니면서 큰 낫을 휘둘러 악인의 영혼을 잇달아 사냥하는 통쾌한 개그 코미디다. 나는 읽으면서 폭소를 터뜨렸건만 쿄우카는 퍽 진지했다. 키득거리지도 않고 묵묵히 책장을 넘겼다.

"어때? 재밌어?"

내가 묻자 쿄우카가 고개를 들었다. 무표정한 채로 무뚝뚝하게 대답했다.

"미묘하네요."

"미묘하다라……."

"예. 이야기에 등장하는 사신이 현실 사신과 너무나도 동떨어져서 위화감이 있어요. 이렇게 감정이 풍부하고 피가 끓어오르는 사신은 없고, 실제 사신계는 더 살벌한 곳입니다. 리얼리티가 떨어져요."

"리얼리티라⋯⋯. 설마 작가도 진짜 사신이 그렇게 지적할 줄은 생각조차 못했겠지."

나는 작가를 동정하며 쓴웃음을 짓고서 물었다.

"그럼 쿄우카가 있는 실제 사신계는 어떤 곳이야?"

"⋯⋯어떤 곳이냐고요? 글쎄요―."

쿄우카가 펼쳤던 책을 덮고서 눈을 감았다. 그러고는 나직이 말하기 시작했다.

"우선 사신계는 『영계』라 불리는 세계 중 하나입니다. 영계는 육체를 잃고 영혼만 남은 상태― 즉 『영체』가 된 자들이 모인 곳으로 차원이 다른 여러 세계들이 병행적으로 존재합니다."

"우와. 이른바 저세상, 사후세계 같은 곳인가?"

"예, 그렇게 인식하는 게 적합하겠군요. 차원이 다른 세계 사이는 오갈 수가 없기에 영계에 있는 다른 세계는 잘 모릅니다만⋯⋯ 사신계에 관해 말하자면 당신들처럼 육신을 가진 인간이 사는 『하계』와 큰 차이는 없습니다. 땅이 있고, 하늘이 있고, 달과 별들이 떠있고, 꽃과 수목 등 다양한 식물들이 있어요. 다만 태양은 없어서 언제나 밤. 세계는 변하지 않고 일정한데, 사신계에는 계절이나 기후 변화도 없습니다."

쿄우카가 막힘없이 술술 말했다. 나는 소파에 앉아 무릎 위에 두 팔꿈치를 대고 몸을 앞으로 기울이면서 물었다.

"도시는 있어?"

"있어요. 그곳에는 수많은 사신들이 살고 있고, 그들의 집도 있어요. 하지만 하계처럼 잡다한 것들로 넘쳐나지는 않습니다. 영체인 사신은 식사할 필요가 없으므로 음식점은 없고, 아까도 언급했다시피 자신의 의사만으로 자유로이 이동할 수 있기에 자동차나 전철 같은 교통수단도 없습니다."

"……오락 시설은? 노래방이나 영화관이나."

"없습니다. 사신계에는 쓸데없는 게 전혀 없습니다."

"울적한 동네네……."

내가 머릿속에서 그린 사신계는 검은 옷을 입은 사신들이 창백한 얼굴로 망령처럼 어둠이 뒤덮인 거리를 오가는, 음침하고 우울한 세계였다. 나는 사신계와 그곳에 사는 사신, 그들의 삶을 상상하며 물었다.

"평소에 쿄우카는 뭘 하며 보내?"

"일이요."

"일이 없는 날은? 휴일은?"

"없습니다."

쿄우카가 딱 잘라 말했다.

"요청하면 휴가를 받을 수도 있지만, 쉬어 본들 딱히 할 일도 없으니까요. 전 매일 사신으로서 부여된 직무를 충실히 수행할 뿐입니다."

"일벌레구나."

블랙 기업에서 일하는 회사의 노예조차 정색할 만한 행태였다.

"참고로 월급은 나와?"

"……월급?"

"노동의 대가 말이야. 사신으로서 일을 하는 대신에 뭔가 받는 거 없어? 돈 같은 거."

"아아…… 그건 전혀 없죠. 화폐조차 존재하지 않으니."

"즉 공짜 노동이다 이 말이지?"

오늘 일해 봤자 월급이 들어올 즈음에는 이미 저세상에 있을 거라는 이유로 오늘 아르바이트는 땡땡이칠 작정인 나로서는 믿기지가 않았다. 노동이란 그 대가를 얻기 위해서 하는 것이다. 대가를 받을 수 없다면 굳이 일할 의미도 없다─고 나는 느꼈다.

쿄우카는 대체 무엇을 위해서 사신의 일을 계속하는 걸까.

"우리 사신한테 일이란 노동이 아니라 역할입니다. 사명, 혹은 존재 이유라고 달리 표현해도 될지도 모르겠네요."

"존재 이유……."

"예. 우리 사신은 하계에서 회수한 영혼을 영계까지 보냅니다. 그저 그 목적만을 위해 살아가고 존재하는 거니까."

쿄우카가 무표정한 얼굴로 단언했다. 그 말투에서 의문이나 체념은 느껴지지 않았다.

나는 살아갈 이유, 살고 싶은 이유를 찾을 수 없는지라 그런 쿄우카가 부러웠다.

그러나 동시에 허무한 것 같기도 했다. 쿄우카는 이른바 『사신』이라는 존재 그 자체에 부여된 이유나 의미만을 말했다. 그녀 자신의 뜻이나 감정은 티끌만큼도 담겨 있지 않은 듯했다.

"……. 그렇구나."

나는 한숨을 내쉬고서 소파에서 일어섰다.

"하지만 지금은 『내게 남겨진 시간을 나와 함께 보내는 것』이 네 일이지?"

"예. 그렇죠. 오늘도 몇 건 정도 영혼을 회수할 예정이긴 하지만…… 사망 시각이 심야인지라 그때 돌아다닐 거라서요. 당신이 깬 동안에는 문제없이 함께할 수 있지 않을까 합니다."

"그럼 괜찮겠네."

나는 쿄우카의 차가운 눈동자를 쳐다보며 말했다.

"오늘은 느긋하게 보내자. 사신의 사명 따윈 잊고서 하계의 오락을 즐기도록 해. 이 작품은 쿄우카의 취향에 맞지 않는 것 같지만, 그 밖에도 만화가 많거든. 분명 그 인형처럼 마음에 드는 작품을 찾아낼 수 있을 거야."

"……네. 그랬으면 좋겠네요."

쿄우카가 인형을 끌어안고서 복슬복슬한 털을 만지작거렸다.

나는 쿄우카가 『미묘』하다고 평가한 만화를 회수하고서 책장에서 다른 만화를 골라서 그녀에게 넘겨줬다. 어설픈 코미디로 웃기기보다는 서스펜스나 데스 게임 같은 시리어스한 작품이 쿄우카의 성미에 맞을 것 같았다.

"다 읽거든 또 감상을 들려줘. 쿄우카, 커피 필요해?"

"필요 없습니다."

나는 그녀의 대답을 듣고 어깨를 들먹이고는 커피를 새로 타고자 빈 머그컵을 들고서 부엌으로 가려고 했다. 바로 그때.

"―케이."

쿄우카가 불러 세웠다. 나는 "응?" 하고 돌아봤다. 그녀가 단행본을 들고서 유리 같은 눈으로 나를 쳐다보며 물었다.

"왜 나랑 함께하려고 하는 거죠? 독서는 혼자서도 가능할 것 같은데……. 자기가 읽고 싶은 걸 읽으며 시간을 마음껏 보내면 되잖아요?"

"……뭐, 그렇긴 하지만."

나는 쿄우카에게서 시선을 돌리고서 뒤통수를 긁적이며 대답했다.

"기왕 시간을 보내는 김에 너도 재밌게 즐기면 좋잖아."

"왜?"

"왜냐니……."

그녀가 메마른 목소리로 묻자 나는 대답하기가 궁해졌다.

이틀 전에 파르페를 먹고서 쿄우카가 보여줬던 자연스러운 표정이 떠올랐다.

그때 가슴속에서 피어났던 생각, 쿄우카의 웃음을 더 보고 싶다는 마음은 사신으로서의 그녀의 삶을 알고 나서 더욱 강해졌다. 그런데 왜냐고 물으니 말이 잘 나오지 않았다.

나는 한동안 그 자리에 멈춰 섰다.

"……글쎄. 왜일까."

나는 중얼거리듯 대답하고서 문을 열고 방을 나갔다. 비좁은 부엌에 있는 전기 주전자로 물을 끓이며 스스로에게 물었다.

나는 왜 자신의 목숨을 빼앗으러 온 사신에게 관심을 갖고, 끌리기 시작한 걸까—.

◇

이어폰에서 들려오는 음악— 얼마 전에 보컬이 세상을 떠난 밴드 『크로우카시스』의 앨범을 들으면서 양파, 당근, 잎새버섯, 베이컨…… 냉장고 안에 있던 식재료들을 적당한 크기로 썰어 프라이팬에 볶았다.

거기에 케첩과 굴 소스를 가미하고서 수분을 날린 뒤에 흰쌀밥을 넣고서 타지 않도록 중불로 잘 볶아냈다.

그렇게 완성된 케첩 라이스를 접시 두 개에 나눠 담았다. 프라이팬을 말끔히 닦아낸 뒤에 이번에는 샐러드유를 끼얹고서 달군 뒤 우유를 섞은 계란물을 흘려 넣었다. 기름이 튀는 경쾌한 소리가 귓가에서 격렬하게 울리는 라우드락 그리고 데스 메탈의 보이스와 겹쳐졌다.

나는 기분 좋게 휘파람을 불면서 젓가락을 들고서 프라이팬에 담긴 계란물을 휘저었다. 그러고는 완전히 익기 전에 프라이팬을 들어 올려 반숙 상태인 계란물을 케첩 라이스에 얹었다. 밥이 아직 따끈하기에 반숙을 올리면 딱 알맞다 마지막으로 케첩을 위에 끼얹고 파슬리를 뿌리면 오므라이스가 완성된다.

현재 시각은 정오가 조금 지난 오후. 나는 다 쓴 프라이팬을 개수대에 담그고서 스마트폰에 접속된 이어폰을 빼낸 뒤 요리를 한 손으로 들고서 방으로 돌아왔다.

"오래 기다렸지, 쿄우카. 점심 다 됐어."

"——음."

쿄우카가 탐독하던 만화책에서 고개를 들어 탁자 위에 놔둔 요리 쪽으로 시선을 돌렸다. 그러고는 펼쳐진 책장을 힐끗 보고서 미간을 살짝 찡그리며 말했다.

"미안해요. 지금 한창 재밌는 대목이라서……."

"이따가 읽어. 기껏 만든 요리가 식어버리겠어."

"난 딱히 필요가 없다고 말했을 텐데요."

"냉장고는 되도록 비워두고 싶으니까 소비하는 걸 도와달라고 했잖아. 만화를 즐기는 건 좋지만, 일단락을 짓고서 이리 와. 자자."

"……알겠습니다."

쿄우카가 약간 부루퉁한 표정으로 책을 덮고서 침대에서 일어났다. 만화책에 정신이 팔렸는지 그토록 소중히 안고 있던 까마귀 인형이 침대 구석에 내던져져 있었다.

나는 내 접시와 숟가락을 들고 소파에 앉으며 물었다.

"지금 뭘 읽어?"

"─『사기안(邪氣眼) 로열』 제5권입니다. 주인공이 최강의 능력자한테 습격당해 절체절명의 궁지에 내몰린 대목이죠."

쿄우카가 탁자 앞에 의자를 대신하여 쿠션을 깔고 앉으면서 대답했다.

사기안 로열은 이능력자의 살인극에 휘말린 무능력자 주인공이 교묘한 화술과 허세, 책략을 구사하여 살아남아가는 데스 게임을 다룬 청년 만화다.

나는 "아아" 하고 수긍하고서 오므라이스에 숟가락을 푹 넣었다.

"재밌지. 근데 그 전투를 통해 주인공 안에 잠들어 있던 이능력이 각성하는 대목부터는 전개에 호불호가 갈려. 주인공이 이능력으로 무쌍을 펼치는 얘기로 전락해 버리니까."

"……으?!"

내가 그렇게 말한 순간, 쿄우카의 눈이 동그래졌다.

시간이 멈춘 것처럼 굳은 채로 나를 뚫어져라 쳐다봤다.

"케, 케이…… 내가 아직 읽지도 않았는데, 왜 이후 전개를 말해버린 거죠?"

눈을 크게 떴던 쿄우카가 실눈을 짓고서 나를 날카롭게 쏘아봤다. 미간에는 희미하지만 주름마저 새겨졌다.

"무능력자 주인공이 이 위기를 어떻게 탈출할지 가슴 졸이면서 읽었는데. 이능력이 각성? 뭔가요, 그거…… 여러모로 엉망이에요."

"……화났어?"

"예. 난 화났어요."

"그래? 미안해."

나는 웃었다. 쿄우카가 그 모습을 보고서 인상을 팍 찡그렸다.

"왜 웃는 건가요, 케이? 난 화가 났는데."

"그래, 알아. 화를 내서 웃는 거야."

"……. 의미를 모르겠어요."

내가 계속 웃자 쿄우카가 째려보며 나직이 중얼거렸다. 나는 "미안" 하고 사과하면서 그녀가 자연스럽게 화내는 얼굴을 바라봤다.

―솔직히 귀엽구나 싶었다. 그 웃음 정도는 아니더라도 인형 같은 무표정보다는 훨씬 매력이 느껴졌다.

전개를 미리 알려주면 화를 내지 않을까 기대하긴 했지만, 예상을 웃도는 반응이었다.

"……두 번 다시, 앞 내용을 말하지 말아요."

쿄우카가 고개를 홱 돌리고서 내뱉었다. 참 미안한 짓을 했구나 싶지만, 더는 하지 않을 테니 용서해 줬으면 좋겠다.

"나 참……."

쿄우카가 투덜거리며 숟가락을 들었다. 이번에는 아기처럼 쥐지 않고 제대로 들었다. 내가 속으로 놀래자 그녀가 숟가락을 흔들었다.

"만화로 배웠습니다. 식사하는 장면이 있었거든요."

나는 "그래" 하고 말장구를 쳤다.

"뭐, 숟가락을 구부리고 자유자재로 다룰 줄 아는 능력자도 쥐듯이 잡았으니 예전에 그 숟가락 잡는 방식도 아예 틀린 건 아니겠지만요."

"……쿄우카는 이상한 부분에서 자존심이 세네."

"예?"

"아냐, 아무 것도."

내가 중얼거리자 그녀가 도끼눈으로 쳐다봤기에 얌전히 시선을 돌렸다.

나는 숟가락으로 오므라이스를 떠서 입 안에 넣었다. 촉촉한 케첩 라이스와 녹진한 반숙 계란의 궁합이 발군이었다. 잘 볶아서 풍부한 맛과 감칠맛이 강하게 느껴지는 쌀밥과 살짝 달콤한 계란의 풍미, 케첩의 산미가 한데 섞여 조화를 이뤘다. 내가 만들었지만 완벽한 완성도였다.

"흠."

쿄우카가 내가 먹는 모습을 보고서 따라하듯 오므라이스를 떴다. 한 입 크기치고는 양이 약간 많은 것 같았지만, 그녀는 개의치 않고 입을 크게 벌려 한가득 넣었다. 나는 식사하던 손을 멈추고서 쿄우카의 표정을 살폈다.

"……."

쿄우카는 아무 반응도 없었다. 햄스터처럼 부푼 뺨을 우물우물 움직이며 씹고서 무표정한 얼굴로 삼켰다.

한동안 조용히 가만히 있다가 다시 오므라이스를 내려다

본 뒤.

"……."

아무 말 없이 두 번째 숟가락을 입에 넣었다. 이번에는 딱 알맞은 양이었다. 쿄우카가 진지하게 오므라이스를 맛보자 나는 참지 못하고 물었다.

"맛은 어때? 맛있어?"

입술 주위에 빨간 케첩을 덕지덕지 묻힌 쿄우카가 무표정하게 대답했다.

"그럭저럭이요."

"그럭저럭이라……."

일단 맛없다는 소리가 나오지 않아서 안도하긴 했지만, 맛있다는 소리까지는 이끌어내지 못해서 낙담했다. 참 미묘한 기분이었다. 평소에 절약하기 위해 자취를 하고, 양식당 주방에서 일해 왔기에 나름 자신은 있었는데.

"어젯밤에 먹었던 고기구이랑 그저께 먹었던 파르페와 비교하면 어때?"

"……흠? 글쎄요―."

쿄우카가 오므라이스를 세 입째 먹으면서 생각한 뒤 고개를 끄덕였다.

"고기구이보다는, 좋은 것 같기도."

"그렇구나."

딸기 파르페는 이기질 못했나. 뭔가 쿄우카의 식성을 파악한 것 같았다.

"쿄우카는 단걸 좋아하는 모양이네."

"단거? 미각은 익숙지 않은 감각이라서 잘 모르겠지만…… 입에 넣었을 때 느껴지는 부드러움, 상냥한 느낌이 『단맛』이라면 그래요. 나쁘지 않아요."

"그래?"

나는 이따가 편의점에 가서 디저트라도 사줄까, 하고 생각하면서 『그럭저럭』 맛있는 오므라이스를 먹었다. 쿄우카도 묵묵히 식사를 계속했다.

"……그러고 보니 전부터 궁금했는데 말이야."

이윽고 나는 오므라이스를 먼저 비우고서 식후 커피를 마시다가 불현듯 말문을 열었다.

"쿄우카 같은 사신은 『영체』라고 하는, 영혼만으로 이루어진 존재이지?"

아직 식사 중인 쿄우카가 오므라이스를 입에 넣은 채로 고개를 끄덕였다. 나는 그녀의 인형 같은 얼굴을 물끄러미 바라보며 물었다.

"근데 지금은 이렇게 식사를 하고 있어. 육체가 확실히 있는 것처럼 보이는데…… 어떻게 된 거야?"

"─『반(半)영체』입니다."

"반영체? 절반만 영체라는 뜻?"

"예."

쿄우카가 고개를 끄덕이고서 식사하던 손을 멈춘 뒤 내 눈동자를 쳐다보고 대답했다.

"보통 우리가 영계에 있을 때는 영혼만 있는 존재라서 육체는 없습니다. 이 육체는 영체인 우리 사신이 하계의 사물에 간섭하기 위해 한시적으로 형성한 임시 신체에 불과합니다. 물리적인 육체가 없으면 이처럼 숟가락을 들 수도 없으니까요."

쿄우카가 손에 든 숟가락을 올리며 말을 이었다.

"또한 우리는 자유롭게 이 임시 신체를 소멸하여 영체만 남은 상태로 되돌아갈 수 있습니다. 예를 들어 이런 식으로."

쿄우카가 숟가락을 내려두고서 손날로 탁자를 내려쳤다. 그 순간 그녀의 창백한 손이 마치 유령처럼 탁자를 뚫고 지나갔다.

"오른손만 영체로 되돌렸습니다. 참고로 지난번에 제가 나이프로 제 몸을 꽂았을 때는 복부만 영체로 되돌렸죠."

"그렇구나……. 그래서 다치지 않았던 거야."

"예. 또한 육체를 다시 얻을 수도 있어요."

쿄우카가 손을 탁자 아래에서 위로 들어 올리자 바닥면에 부딪쳤다. 그녀가 얼굴을 살짝 찡그렸다.

"……아파요."

"고통도 확실히 느끼는구나."

"예. 뼈가 분쇄됐는지도 모르겠어요."

"아니, 그렇게까지 무르지는 않겠지. 아무리 봐도 멀쩡하구만……."

"하지만 걱정할 필요는 없어요."

어이없어하는 내 눈 앞에서 쿄우카의 모습이 사라졌다. 그에 놀랄 새도 없이 그녀가 사라지기 전에 있던 동일한 공간에 동일한 자세로 다시 출현하여 숟가락을 쥐었다.

"육체를 한 번 소멸하고서 재구성하면 원래대로 되돌아가거든요. 손상은 사라지고, 오염이나 이물질— 위 속에 든 음식물 등도 한꺼번에 소멸합니다."

말을 하고 있는 쿄우카의 입을 보니 깨끗했다. 입술 주위를 빨갛게 더럽혔던 케첩과 밥풀 등이 흔적도 없이 사라졌다. 그녀가 오른손으로 배를 매만지며 만족스레 고개를 끄덕였다.

"배가 다소 더부룩했는데 이렇게 하면 문제없이 식사를 지속할 수 있겠네요. 만화 속에서도 음식을 남기면 안 된다고 그려놨으니."

"……그러네."

나는 머그컵을 입에 대고서 경직된 채로 탄식했다. 그러고는 쿄우카가 묵묵히 오므라이스를 비워가는 모습을 바라봤다. 신비로운 분위기를 풍기긴 하지만, 겉모습은 평범한 소녀와 별반 다름이 없었다. 그러나 그녀는—.

(사신, 이라…….)

쿄우카가 나와 동일한 존재가 아님을 실감하자 커피 같은 씁쓸한 감상(感傷)이 가슴에 번져나가는 듯했다.

◇

"쿄우카, 같이 영화나 보자."

오므라이스를 다 먹고 독서를 하면서 세 시간쯤 느긋하게 보낸 뒤. 인근 편의점에 갔다가 돌아온 나는 집을 지키던 쿄우카에게 권했다.

그녀는 점심식사 때까지 내가 자리했던 소파에 앉아 변함없이 만화를 읽고 있었다. 그녀가 시선을 내린 채로 대꾸했다.

"……미안해요. 5분쯤 기다려 주세요. 조금만 더 읽으면 끝나니."

여전히 무표정했지만 그 눈매는 진지했다. 단행본을 쥔 손에도 힘이 들어갔음을 알았다. 내가 어제 막 구입한 신간 『사기안 로열』 제9권이었다.

나는 "알겠어. 천천히 봐도 돼" 하고 대답하고서 그녀가 만화를 읽는 사이에 영화 감상 준비를 끝내두기로 했다.

우리 집에는 전용 플레이어가 없으므로 거치형 게임기를 대신 쓰기로 했다. 코드를 꼽고 전원을 켠 뒤 탁자 위에 편의점에서 사온 과자와 주스 등을 깔아 놨다.

나는 개봉한 포테이토 칩스(치즈 닭갈비맛)를 하나 먹어봤다. 매콤달콤한 양념과 진한 치즈가 잘 어우러진, 실로 정크한 맛이었다. 맛은 꽤 있지만, 애당초 나는 치즈 닭갈비라는 요리를 먹어본 적이 없으므로 맛을 잘 재현했는지까지는 잘 모르겠다. 콜라로 목을 축이면서 멍하니 생각했다.

(맛있을 것 같으니 다음에 먹으러 가볼까. 내일쯤에, 쿄우카랑…….)

"오래 기다렸습니다."

내가 『죽기 전에 해두고 싶은 것 리스트』를 열고서 새로이 『쿄우카와 함께 치즈 닭갈비(진짜)를 먹는다』라는 항목을 추가하고 있으니.

쿄우카가 단행본을 덮고서 내려둔 뒤 소파에서 탁자로 몸을 내밀었다. 그러고는 편의점 상품들을 둘러보고서 물었다.

"……케이. 이것들은 뭔가요?"

"음…… 아아, 이건 영화를 보면서 먹을 군것질거리야. 저기 텔레비전에 나오는 영상을 즐기면서 적당히 집어먹는 거지."

"그렇군요. 하지만 식사를 막 섭취했을 텐데요. 식욕은 충분히 충족되지 않았나요?"

"그렇긴 하지만 이건 간식. 오락 같은 거야. 집에서 영화를 편히 보면서 좋아하는 과자를 먹는다. 오후를 보내는 이상적인 방법이야."

"……네. 그렇군요."

"초콜릿, 쿠키, 젤리, 푸딩, 슈크림…… 단 음식들을 여러모로 사왔으니 마음껏 먹어. 음료수는 컵에 따라서 마시고."

나는 쿄우카에게 말하고는 어제 구입한 영화 DVD를 게임기에 넣었다. 그러고는 실내조명을 끄고서 소파로 향했다.

"미안. 옆으로 좀 가줘."

"아, 예……."

쿄우카가 탁자 위에 즐비하게 깔린 과자와 디저트 중에서 레어 치즈 케이크를 골라서 구석으로 이동하자 공간이 비었다.

나는 쿄우카에게 투명 플라스틱 스푼을 건네면서 소파 왼쪽 구석에 앉았다. 가운데에 탁자를 두고서 텔레비전과 마주하는 구도였다.

"왜 실내조명을?"

"이러면 영화에 집중이 잘 되거든."

쿄우카의 물음에 대답하면서 컨트롤러를 조작하여 DVD를 기동했다. 나는 텔레비전 불빛이 비추는 그녀의 옆얼굴을 보고서 물었다.

"……방 안이 환한 편이 좋겠어?"

"아뇨. 이유가 있다면 꺼둬도 상관없어요. 근처는 잘 보이니 식사하는 데 별 지장은 없습니다."

쿄우카가 스푼으로 케이크를 떠서 입으로 가져가며 말했다. 케이크를 한 입 먹은 순간, 그녀의 무뚝뚝한 얼굴이 풀어진 것처럼 보였으나 어둑해서 잘 모르겠다.

나는 내심 조명을 끈 것을 후회하면서 "……그래?" 하고 수긍한 뒤 소파 팔걸이에 팔을 올리고 턱을 괬다.

잠시 뒤 영화 예고가 끝나고 본편이 시작됐다.

"“…….”"

나와 쿄우카는 한동안 말없이 텔레비전을 쳐다보며 영화를 감상했다.

영화 장르는 SF 액션. 흔한 히어로물이지만, 정의로운 영웅이 아니라 악역에 초점이 맞춰진 특이한 작품이다.

나는 포테이토 칩을 집으며 물었다.

"어때?"

"꽤 나쁘지는 않습니다. 어제 먹었던 딸기 파르페에 비해 살짝 떨어지지만……. 내가 좋아하는 『달콤』한 맛이었어요."

"……아니, 간식 말고 영화 말이야."

쿄우카가 다 비워 버린 케이크 컵을 탁자에 내려 두고서 "아아" 하고 자세를 똑바로 고쳤다.

"영화는, 그럭저럭이네요."

"그럭저럭이라……."

"예. 지금까지는."

본편이 시작한 지 15분쯤 지났다. 서두의 화려한 액션 신이 끝나고, 이야기가 조용한 장면으로 돌입했다. 나는 하품을 참으며 등받이에 몸을 기댔다.

"……뭐, 이제 막 시작했으니까. 히트한 작품이고 평판도 좋은 것 같으니 얘기가 진행되면 재밌어지겠지."

"예. 기대하죠."

쿄우카가 입을 다물고서 화면을 지그시 주시했다. 등을 꼿꼿이 펴고 무표정한 채로 미동도 않고 영화에 몰입했다. 나는 그 옆얼굴을 쳐다봤다.

"쿄우카—."

"말 걸지 말아요."

잡담이나 하려고 말을 걸었더니 차갑게 거절당했다.

"전 현재 영화에 집중하고 있어요. 정신이 산만하니까 조용히."

"……예이예이."

쿄우카가 나무라자 나는 시선을 화면으로 되돌리고서 묵묵히 영화를 감상했다. 화려한 액션 신이 시작되고 스토리도 절정에 치달았지만.

(……졸리네.)

한숨도 자지 않고 밤을 새운 데다가 실내도 어둑해서 졸음이 격렬히 쏟아졌다. 의식이 몽롱해져서 내용이 들어오지 않았다. 눈꺼풀이 무거운 장막처럼 내려앉았다. 고개를 꾸벅꾸벅 거렸다.

"케이?"

쿄우카가 속삭이듯 부르는 소리가 멀게 느껴졌다. 희미해져 가는 의식 속에서 꽃 같은 달콤한 향기가 코끝을 간질—.

◇

—부부부부부. 오른쪽 허벅지 부근에서 전해지는 진동이 깊은 수면에 빠졌던 내 의식을 흔들어 깨웠다.

우선은 꽃 같은 달콤한 향기가 느껴졌다. 수수하면서도

고상한, 소름이 돋을 만큼 그윽한 향기였다.

그리고 부드러움. 오른쪽 뺨에서 위팔에 걸쳐 뭔가 쿠션 같은 편안한 감촉이 느껴졌다. 그것은 어렴풋이 따뜻했다. 나는 몸을 살짝 뒤척였다.

"······아."

그 목소리가 귓가로 새어들었다. 가냘프고 작아서 공기에 녹아버릴 것만 같은 흐릿한 중얼거림. 귀에 익은 그 목소리에 눈꺼풀이 서서히 떠졌다.

"으으, 응······?"

눈앞에는 검푸른 어둠이 깔려 있었다. 켜진 텔레비전 화면에서 흘러나오는 빛이 어둑한 실내를 비추고 있었다.

나는 깬 지 얼마 안 돼서 머리가 흐리멍덩했다. 한동안 멍하니 있었다.

(······아아, 나, 자버렸나? 영화를 보던 도중에—.)

"케이."

또다시 귓가에서 목소리가 들렸다. 그 목소리가 숨결이 닿을 만큼 가까이서 들린 순간, 나는 긴장하여 몸이 굳어 버렸다. 코끝을 간질이는 달콤한 향기가 정신을 마비시키는 듯했다.

"깼어요?"

나는 그 물음에 반응할 수가 없었다. 우측 상반신에서 느껴지는 부드러움과 따뜻함에 의식이 빼앗겨 호흡조차 잊고서 돌처럼 굳어 버렸다.

"—케이?"

"미, 미안!"

쿄우카의 좌측 상반신에 기대고 있었음을 깨닫고서 나는 황급히 몸을 일으켜 방금 전까지 밀착했던 피부에서 떨어졌다. 심장이 세차게 뛰고 얼굴이 화끈거렸다.

내가 당혹스러워하자 쿄우카가 "……미안?" 하고 고개를 갸웃거렸다.

"난 딱히 상관없는데요? 수면이 부족했던 탓이겠죠. 케이가 잠든 후에도 영화는 감상했으니 괘념치 말길."

"그, 그런 뜻이 아니고…….."

"네."

내가 거리를 벌린 채 심장을 진정시키고 있으니 쿄우카가 의아한 눈빛으로 쳐다봤다.

"뭐, 당신이 내게 몸을 기댄 바람에 꼼짝도 할 수가 없어서 영화가 다 끝난 뒤에는 무척이나 지루했지만요."

"……미안."

나는 거듭 사과하다가 방금 전 그 감촉이 다시 떠올라 번민했다.

그러나 나 역시 올해로 스무 살이다. 이성의 몸과 접촉한 경험이 처음은 아니고, 과거에 일단 『연인』이 있었던 적도 있다.

다만 이번에는 상황이 달랐다.

(뭐야, 이 녀석……. 사신이면서 이째서…… 평범한 여자

랑 다른 게 없지……. 아, 안 되겠어. 거리가 가까우니 자꾸만 의식이 가네.)

　―쿄우카는 사신이다. 제아무리 인간과 모습이 같을지라도 그 육체는 이른바『임시 육체』다. 우리 인간과는 결정적으로 다른 존재다.

　그런 식으로 받아들였기에 지금껏 나는 쿄우카에게 매력을 느끼면서도 이성으로서 의식한 적은 없었다. 인간미가 없는 사신이기에 이렇게 같은 공간에서 시간을 보내면서도 기분이 이상해지지 않았고, 비좁은 소파에 어깨를 맞대고 앉으면서도 별 다른 생각이 들지 않았다. 그러나―.

　"……왜 그래요? 상태가 이상한데요, 케이."

　쿄우카가 나를 들여다보듯 얼굴을 가까이 댔다.

　어둑한 공간 안에서 텔레비전 불빛이 비추는 그 얼굴에는 여전히 표정이 없었다. 인형처럼 무기질적이었다.

　그러나 코앞까지 다가온 쿄우카의 창백한 피부는 좋든 싫든 그 부드러운 온기를 떠올리게 했다. 거의 다 가라앉았던 심장 박동이 별안간에 세차게 뛰기 시작했다.

　다가올수록 진해지는 달콤한 향기가 정신이 아찔했다. 나는 침을 꿀꺽 삼키고서 쿄우카에게서 몸을 뗀 뒤에 신음하듯 대답했다.

　"……아, 아무것도 아냐. 잠에서 막 깨서인지 머리가 잘 안 돌아가네."

　"흠. 그런가요."

내가 고개를 돌린 채 말하자 쿄우카가 몸을 슥 되돌렸다. 나는 실내가 어두워서 다행이라고 안도하면서 숨을 내뱉은 뒤 화제를 돌렸다.

"—근데 지금 몇 시야?"

"글쎄요. 정확한 시각은 모르겠지만, 영화가 끝난 뒤에도 꽤 오랫동안 잤으니까요. 네 시간 정도는 지나지 않았을까 싶은데."

"그렇게나 오래……"

15시 무렵에 영화를 보기 시작했으니 해가 완전히 졌을 시간이다.

나는 스마트폰으로 시각을 확인하려고 바지 오른쪽 주머니를 뒤적이면서 한가운데가 살짝 열려 있는 커튼 틈새로 밖에 깔린 어둠을 힐끗 봤다.

—그 순간, 시선을 마주쳤다. 커튼 틈새로 방 안을 들여다보는 누군가의 눈과.

"……아?!"

주저하기를 몇 초. 나는 튕겨나가듯 벌떡 일어서 창문 앞에 있는 침대를 뛰어넘고서 커튼을 단숨에 걷었다.

투명한 창문 너머에는 좁은 베란다와 어두컴컴한 어둠만이 펼쳐져 있었다. 사람의 흔적은 없었다.

"……. 기분 탓인가?"

그래도 혹시 몰라서 나는 주의하면서 창문을 열고 방충망을 옆으로 민 뒤 베란다로 몸을 내밀었다. 주변을 둘러봤지만 잡초로 무성한 자취방 뒤편에서는 인기척이 느껴지지 않았다. 차가운 바깥 공기가 뜨겁게 달아오른 살을 핥자 몸이 부르르 떨렸다.

"케이."

내가 맨발로 베란다로 뛰쳐나간 채로 우두커니 서있으니 쿄우카가 말을 걸었다.

그녀가 소파에서 일어서 침대 구석으로 던져버린 까마귀 인형 쿠션을 끌어안았다.

"이번에는 왜 그래요? 우리 사신이 미처 회수하지 못한 방황하는 영혼— 유령이라도 봤나요?"

"아, 아니…… 방금 창밖에 사람이 있었던 것 같았는데."

"사람?"

쿄우카가 창밖으로 고개를 내밀어 인근을 가볍게 둘러보고서 중얼거렸다.

"없습니다만. 역시 착각한 게 아닐는지?"

"……그렇겠네, 아마 잠이 덜 깨서 헛것을 본 모양이야."

나는 스스로를 납득시키고는 방으로 돌아와 창문을 닫고서 굳게 잠갔다.

어제 게임센터에서도 느꼈던 시선이 떠오르자 무차별 살인마를 향한 불안감과 공포가 강해졌다. 나는 참지 못하고 쿄우카에게 물었다.

"저기, 쿄우카. 넌 정말로 닷새 뒤에 날 죽여줄 거지?"

인형을 안고서 소파에 다시 앉은 쿄우카가 "네?" 하고 의아해했다. 그녀가 탁자에 놓인 과자로 손을 뻗으면서 대답했다.

"그럴 셈이에요. 당신이 무차별 살인마한테 살해당하지 않는 한."

"……내가 무차별 살인마한테 당하지 않을 가능성은?"

"없습니다."

쿄우카가 무표정하게 딱 잘라 말했다.

"당일 밤에 외출하지 않으면 피할 수 있지 않을까 싶지만……. 전 미래를 볼 수는 없으니 반드시 괜찮을 거라고 보장해줄 수는 없는 노릇이죠."

"그, 그런가…… 뭐, 그렇겠네."

"예. 하지만 미래를 내다보고서 대상자로 선택했을 테니 일단 문제는 없겠죠. 문제가 없다고 판단했기에 죽음을 미리 선고한 겁니다."

쿄우카가 그렇게 말하고서 쿠키를 베어 먹었다. 한없이 차가운 그 태도를 보고 있노라니 술렁였던 마음도 식은 듯 조용해졌다.

가슴에 번졌던 불안감과 공포가 완전히 불식되지 않고 얼룩처럼 남았지만, 짐작 가는 바가 없기에 더 고민해본들 소용없었다. 쓸데없는 걱정으로 남은 인생을 즐기지 못한다면 영원히 억울하겠지.

나는 "……그렇지" 하고 긴장을 풀고서 창밖에서 느껴졌던 시선이나 무차별 살인마의 존재를 머릿속에서 떨쳐냈다. 그러고는 기분도 전환할 겸 스마트폰을 켰는데—.

"응?"

알림 몇 건이 새롭게 떠있음을 깨달았다. 부재 중 전화 한 통과 메신저 어플의 읽지 않은 메시지 네 건. 모두 요시타니가 보낸 것이었다.

전화는 5분쯤 전인 19시 17분에 걸려왔다. 메시지는 그로부터 한 시간쯤 전에 보내졌다.

내용은 어제 보냈던 메시지에 왜 아직도 답장이 없느냐는 물음과 나를 향한 사죄, 배려, 속마음 등등이었다. 이력에 다 표시되지 않을 만한 장문도 있었다.

어제 것과 합해서 메신저 어플 아이콘에 표시된 신규 메시지의 숫자는 일곱 건. 요시타니를 생각하면 기분이 무겁게 가라앉는지라 적절한 답장을 보낼 자신이 없어서 오랫동안 방치하고 말았다.

(요시타니…….)

마음이 욱신거렸다. 나는 곧장 전화를 걸려다가 그만뒀다. 메신저 어플도 켜지 않고 스마트폰을 집어넣었다.

나는 이제 곧 죽을 운명이다. 더 이어지지도 못할 인간관계를 신경 쓸 필요는 없고, 별 소용없는 일에 시간을 할애하고 싶지도 않았다. 그래서—.

"쿄우카. 오늘은 몇 시까지 함께해 줄 수 있다고 했지?"

나는 실내조명을 켜고서 요시타니에게서 의식을 돌리려는 듯 물었다.

"글쎄요…… 오늘은 23시 전에 영혼 회수 작업이 예정되어 있으니 22시 반 정도까지요."

"—알겠어. 그럼 조금 더 있을 수 있겠네. 만화도 아직 많이 있고……. 배가 고파지면 피자라도 시켜 먹고서 느긋하게 보내자."

나는 낮에 우편함에 꽂혀 있던 배달 피자 전단지를 흔들면서 웃었다.

방 안에서 오락을 즐기며 사신소녀와 빈둥빈둥 보낸다. 그것은 시간을 아주아주 무익하게 사용하는 방법이었지만, 내 입장에서는 쓸데없는 낭비가 아니라 유의미한 한때인 듯 느껴졌다.

2018년 4월 26일 보고서

하타노 케이 담당 사신 쿄우카

오늘은 7시부터 22시 반까지 대상자의 자택에서 시간을 함께 했습니다.

대상자는 어젯밤에 저와 헤어진 뒤로 줄곧 자택에서 하계의 오락을 즐겼으며, 수면도 취하지 않았습니다. 대상자 왈 「시간이 아깝다」라면서 오늘은 자지 않고 어젯밤에 이어 자택에서 쭉 느긋하게 시간을 보냈습니다. 게다가 저도 그 시간에 함께하게 됐습니다.

저는 대상자가 권한 『만화』라는 것을 읽고, 대상자가 차려준 식사를 섭취하고서 『영화』라는 것을 보고 다시 만화를 읽었습니다.

대상자의 모습에서 큰 변화는 찾아볼 수 없었지만, 도중에 「창밖에서 누군가의 시선이 느껴진다」고 호소하며 조금 신경질적인 반응을 보였습니다. 저도 확인해 봤으나 창밖이나 그 인근에는 사람도 없었고, 이상도 발견하지 못했습니다.

대상자는 자신을 죽일 예정인 무차별 살인마를 신경쓰는 눈치였습니다만, 아마도 문제는 없겠죠. 만약에 무슨 문제가 생긴다면 그것이야말로 큰 문제이니까요.

참고 : 하계라는 곳은 정말이지 쓸데없는 것들로 넘쳐나네요. 인간이라는 존재는 어째서 그 불필요한 것들을 필요로 하는 걸까요.

Day 3

: 차가운 비가
  내리는 거리에서

빨간 모자를 쓴 캐릭터가 탄 카트가 후방에서 발사한 등껍질 아이템과 충돌하여 뒤집어졌다.

그 옆을 표표히 지나가는 하얀 유령이 탄 카트가 골 안으로 미끄러지듯 들어갔다.

"내가 또 1등이네요."

"……."

"케이는 게임을 너무 못하는데요?"

쿄우카가 얼굴을 콱 일그러뜨리며 3등으로 들어온 나를 비웃었다. 나는 한숨을 크게 내뱉고서 으스스하게 웃는 그녀를 째려봤다.

"내가 못하는 게 아니라 쿄우카가 너무 잘하는 것뿐이야."

죽음을 선고받고서 3일째가 되는 4월 27일 아침. 나는 쿄우카와 함께 텔레비전을 보며 레이싱 게임을 즐기고 있었다.

게임을 시작한 지 세 시간쯤 지났다. 쿄우카는 게임을 잘해서 요령을 한번 익히면 나는 거의 상대가 되지 않았다. 게임을 바꿔 봤는데도 마찬가지였다. 나는 소유한 게임 대부분에서 쿄우카에게 참패를 당하는 실정이었다.

"……이래 봬도 친구들 사이에서는 잘 하는 편인데 말이야."

나는 투덜거리며 컨트롤러를 놓고서 소파에서 일어섰다. 아침 10시 반이 지난 시각이었다. 슬슬 몸단장을 해야만 했다. 쿄우카가 다시 무표정해진 얼굴로 물었다.

"외출하나요, 케이? 그럼 앞으로 한판 정도 더—"

"아니. 공교롭게도 오늘은 비가 내리니 조금 일찍 나가봐야 해. 너희들 사신과 달리 난 순간이동을 할 줄 모르니까."

내가 사는 주택에서 가장 가까운 역은 대학교 인근 역인 호시가오카역에서 한 정거장 떨어진 잇샤역이다. 집세가 비싸서 호시가오카역 부근의 집은 피했지만, 여기서도 대학교까지는 도보로 약 15분, 자전거로는 약 5분쯤 걸리니 통학하는 데 불편하지는 않았다.

다만 오늘처럼 비가 내리는 날에는 자전거가 아니라 도보로 다닌다. 한번은 중학생 때 우산을 쓴 채로 자전거를 타다가 사고를 당할 뻔했던 적이 있어서였다.

내가 창밖에서 주룩주룩 내리는 비를 보며 말하자 쿄우카가 까마귀 인형 쿠션을 안고 만지작거리며 중얼거렸다.

"……그렇군요. 난 조금 더 게임에 취하고 싶었습니다만."

쿄우카의 표정에서 변화는 보이지 않았지만, 그 목소리는 명백히 침울해서 나는 무심코 쓴웃음을 지었다. 아무래도 그녀는 만화뿐만 아니라 비디오 게임도 상당히 마음에 든 듯했다.

실은 오늘 쿄우카가 내 방을 찾아온 때는 아침이 아니라 날짜가 막 바뀐 심야였다. 샤워를 마치고서 야식으로 인스턴트 라면을 후루룩 먹으며 텔레비전을 보고 있었을 때였다. 느닷없이 초인종이 울려서 쭈뼛쭈뼛 도어 스코프를 들여다봤더니.

"……안녕하세요."

불과 두 시간쯤 전에 사신계로 돌아갔던 쿄우카가 서있었다. 내가 이유를 묻자 그녀가 무표정한 얼굴로 내뱉었다.

"밤늦게 찾아와서 미안해요. 읽던 만화의 뒷이야기가 궁금해서……."

쿄우카는 내 방에 눌러앉아 만화를 읽기 시작했다. 나는 만화를 읽으려고 굳이 돌아온 그녀에게 「미안. 슬슬 돌아가 줬으면 좋겠어」 하고 차마 말할 수가 없어서 조명을 켠 채로 소파에서 눈만 붙이는 신세가 됐다.

덕분에 잠도 제대로 못 잤다. 쿄우카를 단순한 『사신』이 아니라 『이성』으로서 적잖이 의식하기 시작한 뒤라 더더욱.

나는 졸음을 참으며 쿄우카를 내려다보며 물었다.

"……일은 괜찮아?"

"예, 괜찮아요. 낮에는 기본적으로 시간이 비는지라."

"그래? 그럼 빈집을 지켜줘도 되겠네."

"빈집을 지킨다? 이 방에서 말입니까?"

"그래. 내가 나간 동안에도 편하게 지내도 돼. 참고로 저 게임에서 이 온라인 대전을 선택하면 일본 전국, 전 세계 녀석들이랑 승부를 벌일 수 있어."

"흐음? 팔이 근질거리네요."

쿄우카가 인형을 안은 채로 컨트롤러를 다시 쥐고서 몸을 앞으로 기울였다.

나는 그녀의 의식이 게임에 쏠린 것을 확인하고서 소파에서 벗어나 방 구석에 있는 붙박이장 앞에서 옷을 갈아입었다.

"케이. 몇 시쯤 돌아—."

"여기 보지 마. 옷 갈아입는 중이야."

"……네. 미안합니다."

쿄우카가 미간을 찡그리며 사과하고서 시선을 실내복 바지를 벗은 나에게서 게임 화면으로 다시 돌렸다. 사신에게는 창피함이라는 개념이 없나?

"—아마 저녁쯤에는 돌아올 거야."

나는 파카와 청바지로 갈아입은 뒤 세면대에서 몸단장을 하고 가방을 어깨에 메면서 말했다.

"귀가한 뒤에 밥이나 먹으러 나가자."

"알겠어요."

쿄우카가 게임 화면에 집중하며 고개를 끄덕이고서 나를 힐끗 봤다.

"……케이."

"응?"

"다녀와요."

나는 문에 손을 대고서 집을 나가려고 했다가 뒤를 돌아봤다. 그러고는 텔레비전 화면 앞에 있는 쿄우카를 물끄러미 쳐다봤다. 그 옆얼굴에는 표정 같은 감정이 전혀 묻어 있지 않았다. 그래도 나는 따뜻한 무언가가 가슴속을 채우는 것 같아서 뺨이 풀어졌다.

쿄우카와 마찬가지로 속삭이는 목소리로 대꾸했다.

"……어. 다녀올게."

◇

싸구려 편의점 우산을 쓰고서 빗속을 지나 대학으로 향했다. 싸구려라고는 했지만 투명한 비닐우산이 아니라 남색 천으로 된 우산이었다. 비닐우산에 비해 약간 비싸지만, 튼튼하고 잘 망가지지 않아 오래 쓸 수 있을 것 같아서 구입했다. 손잡이에는 표식처럼 스티커도 붙어 있으니 다른 우산과 착각하거나 도난당할 우려도 적었다.

나는 입구 자동문을 지나 학생들의 우산이 빼곡하게 세워진 우산대 구석에 내 우산을 꽂아 넣고서 대학교 건물 안으로 들어갔다.

1층에서 에스컬레이터를 타고서 1년 동안 눈에 익은 캠퍼스 풍경을 차분히 바라봤다. 오늘은 금요일. 주말부터 골든 위크에 들어가므로 내가 대학교에 올 수 있는 건 분명 이번이 마지막이다.

(연휴가 끝날 즈음에 난 이미 이 세상에 없나⋯⋯. 왠지 신기한 기분이네. 실감이 안 난다고 해야 할까.)

쿄우카와 만나 내가 7일 뒤에 죽는다는 선고를 받은 후로만 이틀이 지났다. 그러나 내 마음에 공포나 초조함은 없다. 어이가 없을 정도로 평온했다.

불현듯 공허함이나 애수, 감상 같은 감정들이 밀려들곤 했지만, 짓눌릴 정도로 어둡지는 않았다. 예를 든다면 장기 휴가— 여름 방학이나 겨울 방학이 며칠 안 남았을 때 느끼는 감각과 비슷했다.

삶이 끝나는 것은 슬프지만, 딱히 절망스럽지는 않았다. 곧 학교 생활이 다시 시작되리라는 우울감도 느끼지 않고 휴일이 단지 『끝』이 날뿐. 이 얼마나 편안한 휴가인가.

실제로 이 세상에는 자살이라는 방법으로 스스로의 목숨을 끊고서 인생을 끝내려는 사람들이 있다.

그 숫자는 일본 안에서만 한 해 2만 명 이상이다. 그렇게나 수많은 사람들이 고통이나 괴로움이라는 대가를 지불하면서까지 죽음을 바란다. 그 죽음을 별 고통 없이 누릴 수 있는 나는 역시나 행운아겠지.

사신이 신변을 정리할 만한 시간과 여유를 부여한 죽음은 그야말로 자살과도 같았다.

(……아아, 맞아. 사후를 생각해서 집 안을 깨끗하게 정리해 둬야겠어. 스마트폰이나 컴퓨터에 저장된 타인한테는 차마 보여줄 수 없는 데이터도—.)

2교시 강의가 시작되기 10분 전인 11시. 나는 강의실에 도착하여 되도록 뒤쪽 구석진 자리에 앉았다. 옆자리에 짐을 올려놓아 공간을 확보한 뒤 스마트폰을 만지작거렸다.

요 이틀 동안에 벌써 절반 넘게 소화한 『죽기 전에 해두고 싶은 것 리스트』에 새로이 『집 안 청소』와 『스마트폰과 컴퓨터 데이터 삭제』를 추가했을 즈음에 메신저 어플에 메시지가 들어왔다.

나는 순간 요시타니가 보낸 줄 알고 바짝 긴장했으나 보낸 이는 오늘 2교시 강의를 함께 들을 예정인 동성 친구였다. 그 내용은—.

"……뭐어?"

무심코 소리가 새어나왔다. 『집 열쇠를 잃어버려 문을 잠글 수가 없어서 나갈 수가 없다』는 매우 어벙한 연락이었다.

대학교에서 가장 친하고, 둘이서 자주 행동하는 그 지인을 마지막으로 보려고 대학교에 왔건만. 나는 한숨을 내쉬고서 답장을 쳤다.

(설마 이대로 쉬는 건 아니지? 출석일수 꽤 팍팍하잖아…… 대리출석은 무리야.)

잠시 뒤 『열쇠를 찾는 대로 갈게』라는 답장이 날아와서 이대로 기다리기로 했다. 나는 가방에서 소설을 꺼내 읽기 시작했다.

그러나 결국 90분이 지나 강의가 다 끝날 때까지 분실한 열쇠를 찾지 못했는지 그 지인이 오늘은 대학을 쉬겠다는 연락을 해왔다.

◇

(……자. 이제 어쩌지.)

강의가 끝나면 근처에서 점심을 먹고서 오후 수업을 빼먹고 노래방에라도 간다는 당초 계획이 어그러졌다. 나는 홀로 외로이 에스컬레이터를 타고 내려가면서 앞으로 뭘 할지 생각했다.

(혼자서 밥 먹고서 혼자 노래방에…… 역시 그건 너무 허무하지.)

더더욱 그 지인과 만나지 못했지만 『아무렴 어때』라는 심정이었다. 되도록 만나고 싶었지만, 사정이 있어서 만나지 못했으니 별 수 없다는 생각만 들었다. 미련은 딱히 없었다. 뭐, 서로 인연이 없었다고 해두지.

나는 『연휴 중에라도 만나서 놀자』라고 보내온 메시지에 『OK』 스탬프를 보낸 뒤 마음속으로 작별 인사를 건네고서 스마트폰을 집어넣었다. 마음을 다잡고서 다시 고민에 빠졌다.

(……일단 집으로 돌아가서 쿄우카랑 일찍 외출이나 할까. 노래를 전혀 모를 테니 노래방은 무리일 테고, 볼링장이나? 영화관도 괜찮을 것 같네. 밤에는 외식을 하기로 하고, 점심은 뭔가를 사서 집에서 먹자. 햄버거나—.)

이런저런 생각을 하다가 일단 대학교를 나와 쿄우카가 지키는 자택으로 돌아가기로 했다. 그런데.

"어라?"

—우산이 없었다. 알아보기 쉽도록 구석에 꽂아뒀을 텐데 좀처럼 보이질 않아서 제자리에 우두커니 섰다.

바깥에는 여전히 비가 내렸다. 나는 대량으로 꽂힌 싸구려 비닐우산을 보고서 적당한 걸 하나 슬쩍할까도 고민했다.

(……재수가 없네. 매점에서 우산을 팔던가.)

기분이 꺼림칙해서 그냥 새 우산을 사기로 했다. 한숨을 깊이 내뱉고서 건물 안으로 다시 돌아가려고 했을 때였다.

"하타노 선배?"

누군가가 불쑥 말을 걸었다. 부드럽고도 차분한 그 목소리에 나는 심장이 꽉 옥죄인 것처럼 굳어버렸다.

"어, 음…… 저기…… 아, 안녕하세요."

"요시타니……."

때마침 요시타니가 투명한 자동문을 지나 건물 밖으로 나가려다가 나를 알아보고서 발걸음을 멈췄다. 그러고는 눈동자를 이리저리 돌리면서 인사했다.

"이런 데서 다 만나다니, 우연이네요? 아하하…… 오, 오랜만이에요."

이런 데고 뭐고 여긴 대학교이니 딱 맞닥뜨리는 건 충분히 있을 수 있는 일이다. 더욱이 우리는 불과 그저께에 만났다. 그러나 그녀가 말한 대로 상당히 오랜만에 보는 것 같았다.

"아, 그래…… 응, 오랜만이네. 잘 지냈어?"

나는 어색하게 웃는 그녀를 차마 보지 못하고 고개를 돌려 물었다. 그러고는 이내 『난 대체 무슨 소릴 하는 거야』 하고 자기혐오에 빠졌다. 힘이 없는 그 목소리만 듣고도 잘 지내지 못했음이 여실히 전해졌다. 이유는 물을 것도 없었다.

"아하하…… 예. 전 아주 잘 지냈어요. 선배는요?"

"나? 난—."

순간 대답하기가 궁했다.

"……몸이 조금 안 좋았어. 감기에 걸려서 말이야. 그래서 요시타니가 메시지를 보냈는데도 답장을 전혀 하질 못해서, 저기…… 미안해."

입에서 별안간에 그런 변명이 튀어나왔다. 그러나 거짓말이라는 게 빤히 보이겠지.

나는 지금 이렇게 대학교에 와있다. 메시지를 보낼 시간쯤은 얼마든지 있었고, 아예 열어보지도 않았으니.

요시타니가 주저하듯 한동안 말이 없었다. 나는 그녀에게서 눈길을 돌리며 대답을 기다렸다.

"……아, 그러셨군요!"

잠시 뒤 요시타니의 입에서 명랑한 목소리가 나왔다. 그러나 왠지 꾸며낸 것 같은 울림이었다.

나를 향한 배려와 미안함, 기쁨과 안도감이 한데 뒤섞인 듯했다.

"저야말로, 죄송해요. 그런 줄도 모르고 메시지를 잔뜩 보내서…… 몸은 이제 괜찮아요?"

요시타니가 마음을 써주자 나는 "……어" 하고 고개를 끄덕였다. 가슴속에서 거세게 휘몰아치는 죄책감이 내 양심을 단단히 죄었다.

습기를 머금은 무거운 공기가 우리의 사이에 찌뿌듯하게 떠돌며 휘감는 듯했다. 밖에서는 빗소리가 희미하게 들려왔다.

"—저기, 하타노 선배!"

무척 어색한 침묵이 흐른 뒤 어두운 분위기를 불식하듯 요시타니가 밝은 목소리로 말했다. 내 근처로 다가와서는 얼굴을 들여다보며 물었다.

"시간 되시면 같이 점심 드실래요?"

"응……."

"저, 3교시는 강의가 없거든요. 선배도 오후에는 4교시랑 5교시뿐이죠?"

요시타니가 그렇게 말하고서 갈색기가 도는 커다란 눈을 가늘게 떴다. 나는 요시타니가 내 시간표를 파악하고 있다는 사실과 생각지도 못한 가까운 거리감에 가슴이 두근거렸다.

내가 대학교에서 요시타니와 만나는 시간은 강의가 겹치는 수요일뿐이었다. 어쩌면 그 동안에 서로 시간표에 관해 잡담을 나눴는지도 모르겠다.

"아, 그래…… 뭐, 그렇긴 하지만."

"─안 될, 까요?"

요시타니가 화사하던 표정을 흐리고서 초조하게 물었다.

나는 그녀에게 죄책감을 느끼고 있기에 탄원과도 같은 그 요구를 차마 거절할 수가 없었다. 나를 똑바로 쳐다보는 그 눈동자에서 눈길조차 돌리지 못하고 숨을 삼켰다.

"아, 안 되는 건 아닌데……."

"아닌데?"

"……우산이 말이야."

난처한 나머지 우산대를 쳐다봤다. 요시타니가 "우산?" 하고 고개를 갸웃거렸다.

"선배의 우산을 누가 가져가 버렸나요?"

"그런 것 같아. 그래서 매점에 가서 새 걸 사려고……."

"제가, 씌워드릴까요?"

내가 머리를 긁적이며 사정을 설명하자 요시타니가 자신의 우산을 들었다. 편의점에서 파는 싸구려가 아니라 귀여운 민트그린색 우산이었다.

"이 우산, 보기보다 크거든요. 굳이 매점까지 돌아가지 말고 인근 편의점까지만. 아, 점심은 밖에서 먹어도 괜찮겠죠? 호시가오카 테라스나."

"어, 응……."

학식은 그저께 먹었으니 캠퍼스 안에서 음식을 파는 데라고는 매점 정도다. 애초부터 학교 안에서 점심을 먹을 생각은 없었지만, 어느새 함께 점심을 먹으러 가기로 거의 확정됐다. 요시타니답지 않은 추진력에 나는 당혹했다.

"알겠습니다! 그럼 역시 제가 우산을 씌워드릴게요. 도중에 편의점을 들르면 되니까요. 시간도 아낄 수 있겠어요."

요시타니가 쓴웃음을 짓고서 출구에 섰다. 자동문이 열렸다. 차가운 바람이 살갗을 매만지고, 축축한 비 냄새가 섞인 어렴풋한 비누향이 내 코끝을 간질였다.

"—가죠, 선배?"

나를 돌아보며 말하는 요시타니의 표정은 온화했다. 그러나 눈동자에는 활활거리는 빛이 담겨 있었다.

그저께 그녀가 나에게 마음을 밝혔을 때처럼 그 눈빛에는 강렬한 바람이 담겨 있어서—.

"……그래."

나는 별수 없이 고개를 끄덕이고서 요시타니를 뒤따라 빗물로 뿌예진 모노크롬 풍경 속으로 무거운 발걸음을 내디뎠다.

◇

"내가 들게."

잿빛 하늘에서 바늘처럼 비가 쏟아졌다. 나는 요시타니의 우산을 대신 들고서 지붕이 달린 승강구를 나섰다.

요시타니의 우산은 60센티미터 정도 크기였다. 여자가 혼자 쓰기에는 충분할지도 모르겠지만, 남녀 둘이 들어가기에는 비좁아서 자연스레 몸이 밀착됐다.

나는 되도록 요시타니가 젖지 않도록, 그리고 서로 몸이 닿지 않도록 우산을 상대방 쪽으로 기울인 채 캠퍼스 안을 천천히 걸었다.

"선배, 너무 기울였어요. 그러다가 어깨가 다 젖겠어요. 더 그쪽으로……."

"……아니, 그러면 요시타니가 젖잖아. 난 빌려 쓰는 처지이니 괘념치 마. 어차피 편의점이 곧 나올―."

"안 돼요!"

요시타니가 내 말을 막고서 자신의 두 손으로 우산을 든 내 오른손을 감싸듯 쥐었다. 팔에 힘을 꾹 줘서 억지로 우산을 기울인 뒤 몸을 밀착했다. 그녀가 치뜬 눈으로 놀란 나를 째려보고서 엄한 말투로 나무랐다.

"선배는 아직 다 나은 게 아니에요. 괘념치 말라고 해도 자꾸 마음이 쓰여요. 감기가 재발하면 어떡해요?"

"……알겠어."

감기에 걸린 적은 없지만 내가 내뱉은 거짓말이었다.

나는 마지못해 기울였던 우산을 바로 세우고서 내 가슴 쪽으로 가져갔다. 그만큼 서로의 거리가 좁혀지면서 내 팔과 요시타니의 어깨가 부드럽게 맞닿았다. 달콤한 향기가 풍겼다.

요시타니의 얼음장처럼 차가운 두 손바닥이 아직도 내 오른손을 감싸고 있었다. 나는 스쳐지나가며 쳐다보는 학생들의 시선에 거북해하면서 대학교를 나와 큰길을 걸었다. 불과 1분 만에 앞쪽에서 편의점 간판이 보였다.

"저기, 요시타니. 슬슬……."

"죄송해요."

요시타니가 기어들어가는 목소리로 사과하고서 내 오른팔을 자기 가슴 쪽으로 끌어당기며 달라붙었다. 돌발적인 행동에 나는 하마터면 우산을 떨어뜨릴 뻔했다.

"아?! 잠깐, 야—."

"저, 역시 선배를 좋아해요."

내가 당황했지만 아랑곳 않고 요시타니가 이마를 내 어깨에 댄 채로 고개를 숙이고서 쉰 목소리로 말했다.

"……고백을 한 번 거절당했더라도, 사귀는 사람이 있더라도……. 전 하타노 선배를 좋아해요. 십사리 포기할 수가 없어요."

"요, 요시타니……."

여긴 인도 한가운데다. 나는 요시타니가 남의 눈도 신경 쓰지 않고 복받친 감정을 토로하자 난감했다. 그럼에도 그녀의 어깨에 손을 대고서 통행을 방해하지 않도록 가로수 뒤로 이동했다. 우산으로 몸을 가려서 호기심과 비난 어린 시선들을 차단했다.

"……죄, 죄송해요."

요시타니가 사과했다.

"민폐겠죠. 고백을 거절했는데도 이런 식으로 미련을 질질 남기며 매달려본들…… 귀찮고 답답하기만 하겠죠."

"그, 그렇지는—."

"솔직히 말해주세요!"

요시타니가 고개를 푹 숙인 채로 목소리와 손에 힘을 실었다.

"선의의 거짓말 따윈 필요 없어요. 솔직한 마음을 들려줬으면 해요. 제가 이렇게 또 고백해서 선배는 기쁜가요? 아니면……."

"……. 솔직히—."

나는 요시타니를 내려다보며 비 냄새와 비누향이 풍기는 공기를 천천히 들이마시고서 내뱉었다. 그리고 대답했다.

"난처하다고 해야 할까."

"……으?!"

요시타니의 어깨가 떨렸다. 나는 되도록 그녀의 마음이 다치지 않도록 단어를 고르며 부드럽게 떼어냈다.

"전에도 말했다시피 날 좋아해주는 그 마음은 기쁘지만, 내게도 사정이 있거든. 요시타니의 마음에 응해줄 수 없는 사정이."

"예. 선배한테는 사귀는 사람이 있는걸요."

"……그래."

"그 사람을 얼마나, 좋아하나요?"

그 물음에 나는 말문이 막혔다. 쿄우카가 머릿속에서 떠올랐다.

무뚝뚝한 사신. 나는 그녀의 자연스러운 웃음을 더 보고 싶다고 생각했다. 사신이라는 미지의 존재에 흥미를 느꼈고 점차 이끌렸다. 그러나 이렇게 확실하게 물어보니 대답하기가 곤란했다. 어차피 상대는 사신이다.

내 목숨을 앗아가려고 온 상대를 사랑하다니 제정신이 아니다―.

"하타노 선배?"

요시타니가 고개를 들어 눈을 치프고서 나를 들여다봤다. 그때 나는 인상을 찡그리며 괴로운 표정을 지었을지도 모르겠다.

요시타니가 "앗……" 하고 소리를 작게 흘리고서 제정신을 차린 것처럼 눈을 크게 떴다.

"죄, 죄송해요! 저, 또 선배를 난처하게 했네요. 얼마나 좋아하느냐고 추궁하듯 묻다니…… 저, 정말로 죄송합니다!"

내가 기분이 상했다고 받아들였는지 요시타니가 당황하여 사과하고서 몸을 확 뗐다. 그러고는 민망한지 눈을 내리깔았다.

"……이제 더는 곤란하게 하지 않을게요."

그녀가 가슴 앞에서 손을 맞대고서 비통한 목소리로 중얼거렸다.

"두 번 다시 선배가 난처해질 만한 행동은 하지 않겠습니다. 전 하타노 선배를 좋아하고, 맺어지지 못해서 괴롭긴 하지만…… 선배가 절 미워하거나 피하는 건 더욱 싫으니까."

"요시타니……."

"그러니 선배—."

요시타니가 나를 쳐다봤다. 그 눈동자에는 나에게 고백했을 때보다 더한, 필사적인 심정과 비장감이 감도는 듯했다.

"연인이 아니더라도 지금껏 그래왔듯 편안한 선후배 사이로…… 앞으로도 저와 함께 해주실 수 없을까요?"

◇

"……다녀왔어."

오후 3시가 지난 시각. 비가 내리는 거리에서 집으로 돌아왔다. 나는 거실 문을 밀어젖혀서 안으로 들어간 뒤 가방을 바닥에 내던지고서 안쪽 침대에 쓰러졌다.

내가 나가기 전과 똑같이 소파에 앉아 컨트롤러를 쥐고서 텔레비전 화면에 집중하던 쿄우카가 "어서 와요" 하고 중얼거렸다. 그러고는 다시 조용해졌다.

나는 베개에 얼굴을 묻고 눈을 감았다. 쿄우카가 플레이하는 게임 소리를 들으며 선잠에 빠지려고 했다. 그때 쿄우카가 말을 걸어왔다.

"케이."

진흙탕 같은 졸음에 점점 빠져들던 나는 의식을 차리고서 쿄우카 쪽으로 시선을 돌렸다. 그녀가 나를 쳐다보고서 말했다.

"게임하죠. 오늘 아침에 이어서."

"……아니. 난 됐어."

나는 쿄우카의 권유를 거절하고서 한숨을 내뱉었다.

"피곤해. 한숨 좀 잘게."

나는 그렇게 말하자마자 눈꺼풀을 감고 몸을 뒤척여 쿄우카에게서 등을 돌렸다. 그녀가 "네" 하고 맥 빠진 소리를 냈다.

"그런가요……. 알겠습니다."

바로 입을 다물고서 게임에 다시 집중—할 줄 알았는데.

"……무슨 일이 있었나요. 케이?"

쿄우카가 물었다. 나는 등을 돌린 채로 대답했다.

"딱히. 아무 일도 없어."

"몹시 기운이 없는 것 같은데……."

"—아무것도 아니래도."

쿄우카가 의심하듯 묻자 나는 짜증을 내며 툭 내뱉었다. 그대로 잠들려고 했으나 그녀 때문에 쓸데없는 생각이 다시 떠올라서 가슴이 술렁였다. 잠이 잘 오지 않았다.

내 머릿속에서 매달리듯 애원하는 요시타니의 모습이 되살아났다.

『연인이 아니더라도 지금껏 그래왔듯 편안한 선후배 사이로…… 앞으로도 저와 함께 해주실 수 없을까요?』

—비가 주룩주룩 내리는 거리, 함께 쓴 우산 아래에서 요시타니가 그렇게 말하자 나는 수긍하고서 그녀의 바람을 받아들였다.

솔직히 여생이 사흘하고도 몇 시간밖에 남지 않은지라 나에게 『앞으로』는 없다. 요시타니와의 관계에 마음을 쓸 필요는 없지만, 뒤틀려 버린 관계를 조금이나마 되돌릴 수 있다면 그보다 더 나은 일은 없겠지. 요사타니의 마음을 아프게 하고, 끝까지 거절한 채로 세상을 떠나는 것보다 마음 편하게 최후를 맞이할 수 있지 않을까…….

내 대답을 듣고서 요시타니는 안도하고서 울음을 터뜨릴 것만 같은 표정으로 웃었다.

"고맙습니다."

나는 요시타니에게 웃어주고서 빌려 쓴 우산을 돌려준 뒤 편의점에서 우산을 새로 샀다. 그러고는 비가 쉴 새 없이 내리는 우중충한 잿빛 거리를 천천히 걸어 나갔다.

어깨가 아닌 우산을 나란히 맞댄 채로 적절한 거리를 유지하며 나누는 대화는 약간 어색했다. 그래도 방금 전 가슴이 다 타버릴 것 같은 달콤한 분위기에 비해서는 훨씬 나아서—.

"오늘은 즐거웠어요, 하타노 선배."

호시가오카 테라스에 있는 근사한 다이닝 카페에서 식사를 마치고서 역에서 헤어질 때, 요시타니의 표정은 아주 환했다. 찌푸린 날씨와는 전혀 어울리지 않는 눈부시고 화창한 방긋 웃음. 그러나.

"다음에 또 이렇게 시간을 함께 보내면 좋겠네요?"

그렇게 말한 순간, 완벽했던 요시타니의 웃음이 살짝 일그러지면서 그늘진 것을 나는 알아차리고 말았다.

아마도 무리를 했겠지. 함께 거리를 걸었을 때도, 식사를 하면서 대화를 나눴을 때도 요시타니는 마치 애초부터 고백한 적이 없었던 것처럼 굴었다. 그 모습은 얼핏 나에게 마음을 전하기 전 평상시 요시타니처럼 보였다. 그러나 말수가 살짝 많은 것이 왠지 여유가 없는 것처럼도 느껴졌다.

"—그럼 안녕히."

가냘픈 목소리로 이별하고서 발길을 돌려 지하철로 이어지는 계단을 내려가는 요시타니의 뒷모습을 나는 우두커니 선 채로 바라봤다.

다음에 또 보자면서도 나를 밀쳐내는 것 같은 그 작별인사는 마치 이런 날이 두 번 다시 오지 않으리라 확신한 것처럼 느껴졌다.

"요시타니……?"

시간을 함께 보내는 동안에 나는 그야말로 그와 똑같은 생각을 품었다. 마치 요시타니가 내 속내를 꿰뚫어본 것처럼 말해서 나는 몹시 당혹스러웠다.

그 이후에 나는 참지 못하고 돌아가는 길에 요시타니에게 『오늘은 고마웠어. 다음에 또 밥이나 먹자』하고 메시지를 보냈지만 아직껏 답장이 오지 않았다.

"……하아. 난 대체, 뭘 하는 거야……."

나는 주머니에서 끄집어 낸 스마트폰을 머리맡에 던지며 한탄하고서 짜증스럽게 중얼거렸다.

요시타니를 뿌리칠 셈이면서도 마음이 묘하게 동하여 어중간하게 대응하고 말았다. 후련하게 떠날 수 있도록 그녀와의 관계를 복구할 셈이었건만 찝찝한 결과로 이어지고 말았다.

이렇게 한탄한들 사흘 후에 죽는 내가 요시타니에게 뭘 해줄 수 있을 리도 없는데―.

"……. 저기, 쿄우카."

좀처럼 잠이 오질 않았다. 나는 몸을 뒤척여 소파에 앉아 있는 쿄우카의 옆모습을 쳐다봤다. 그녀가 게임을 플레이하면서 "예" 하고 무표정하게 대꾸했다.

"왜요?"

"날, 어떻게 생각해?"

"예?"

쿄우카가 손을 멈추고서 나를 쳐다봤다. 미간을 찡그리고는 의아하게 물었다.

"어떻게, 라뇨?"

"좋다나 싫다. 나쁘지 않다든지 아니면 그럭저럭……."

"……뭐."

쿄우카가 무표정한 얼굴로 깨나른해 보이는 눈을 내리깔았다. 그러고는 무기질적이고 평탄한, 차가운 콘크리트 같은 목소리로 대답했다.

"딱히, 아무 생각도 없습니다만."

쿄우카의 말을 들을 순간 내 머릿속에서 요시타니의 모습이 스쳤다. 우울감이 가슴속에 드리워졌다. 권태감과 허탈감이 강해졌다.

"하하. 그렇구나……. 뭐, 그렇겠지. 넌―."

나는 웃으면서 인형처럼 생긴 창백한 그녀의 얼굴에서 시선을 돌렸다. 눈을 감고서 몸을 뒤척였다.

"―사신인걸."

내가 툭 내뱉듯 중얼거렸지만 쿄우카는 대답하지 않았다. 침묵이 흐르는 중에 생뚱맞은 발랄한 음악이 귀에 거슬렸다.

"……미안. 정신이 산만하니 그거 꺼줄래? 게임이랑 텔레비전."

"아, 예. 미안합니다."

쿄우카가 사과하고서 게임을 종료했다. 그대로 텔레비전 전원도 끄자 방 안에 다시 정적이 찾아들었다.

"하는 김에 조명도 꺼줬으면 좋겠어."

"알겠습니다."

그녀가 담담하게 대답하고서 이내 실내조명도 꺼졌다. 커튼이 쳐진 방 안에 어둠이 펼쳐졌다. 쿄우카가 나에게 말을 걸었다.

"케이가 자는 동안에 난 돌아가도록 할까요?"

"어."

"나중에 외출할 거죠?"

"으~음. 글쎄……."

나는 잠시 고민하다가 대답했다.

"아니, 오늘은 역시 이대로 집에서 보낼게. 내 입으로 약속을 해두고서 미안하지만."

"……그래요? 그럼 당신이 눈을 뜰 즈음에 다시―."

"안 와도 돼."

나는 딱 잘라내듯 말하고서 한숨을 흘렸다.

"오늘은 더는, 함께하지 않아도 괜찮아. 마침 혼자 있고 싶은 기분이거든……. 그리고 내일 하루도 함께할 필요 없어. 이쯤해서 친가로 한번 돌아가 가족들과 고향 지인들이랑 시간을 보내고 싶어."

"……그렇군요. 알겠습니다."

쿄우카의 목소리가 약간 어두웠다. 아쉬움이 묻어나듯 침울하게 들렸으나 분명 내 기분 탓이겠지. 그렇지 않다면―.

"아아, 나랑 함께 있지 않아도 되지만…… 내가 친가로 돌아간 동안에 이 집에서 마음껏 지내도 괜찮아. 만화나 게임도 마음대로 즐겨도 돼."

나는 쿄우카의 속내를 짐작하고서 그렇게 덧붙였다. 그러자 아니나 다를까 그녀가 "……흠" 하고 흥미를 보이고서 왠지 기뻐하는 것 같은 목소리로 말했다.

"그래요? 그럼 내일도 이어서 신세를 지도록 하죠."

쿄우카가 대답하자 나는 내심 쓴웃음을 지었다. 역시 오락이 목적이었나.

"……이만 잘게. 잘 자."

"예. 잘 자요. 케이."

짧게 인사를 나눈 뒤 쿄우카의 기척이 사라졌다.

나는 감았던 눈꺼풀을 뜨고서 고개를 기울여 아무도 없는 방 안을 봤다. 방금 전까지 쿄우카가 앉았던 소파에는 동그란 까마귀 인형만이 외따로 남겨졌다.

어둠 속에서 나는 자조하듯 중얼거렸다.

"딱히, 아무 생각도 없습니다……라. 난, 오락보다도 못하냐."

보답받을 수 없는 마음을 품은 요시타니의 모습이 떠올랐다. 그녀가 나에게 끌린 것처럼, 나 역시 쿄우카에게 끌리기 시작했다. 그러나 아무리 발버둥을 쳐본들 비련(悲戀)에 불과할지도 모르겠다.

사신과 사랑에 빠져본들 나를 기다리는 건 스스로의 『죽음』뿐이니까.

2018년 4월 27일 보고서

하타노 케이 담당 사신 쿄우카

　오늘은 심야 1시께에 대상자의 자택을 방문하여 대상자가 바라는 대로 최후의 시간을 함께 했습니다. 주로 독서와 비디오 게임을 했습니다. 한밤중에 방문한 이유는 대상자가 거의 자지 않고 깨어 있기 때문이지, 제 개인적인 용건(예를 들어 만화 뒷내용이 궁금하다든지) 때문은 아닙니다.

　특별히 기재할 만한 일은 전혀 없었습니다. 하계의 오락으로 시간을 낭비하다가 아침 10시 반이 되자 대상자가 대학으로 외출했기에 전 방 안에서 혼자 『집 지키기』를 했습니다.

　집을 지키는 중에는 방 안에 있어야만 하므로 그저께처럼 유체화하여 모습을 은밀히 엿볼 수는 없습니다. 어쩔 수 없는 일이죠. 전 하는 수 없이 비디오 게임을 계속하면서 대상자가 돌아오길 기다렸습니다.

　이윽고 15시 즈음에 대상자가 귀가했습니다. 그런데 평소답지 않게 초췌해져서는 곧바로 수면을 취하려고 했습니다. 특별히 무슨 일이 있었던 것 같지는 않았기에 연일 밤을 새느라 부족해진 수면 욕구 때문인 것 같습니다. 저는 대상자의 휴식에 방해가 되지 않도록 일찍 귀환했습니다.

　참고 : 왠지 기분이 무겁습니다. 사신은 피로를 느끼지 않는데.

Day 4

: 사신이 없는 풍경

이튿날 아침 8시. 누구의 배웅도 받지 않고 홀로 자택 아파트를 나섰다. 아침 햇볕을 반사하여 빛나는 젖은 아스팔트를 걸어서 가까운 역인 잇샤역으로 향했다.

그곳에서 지하철 히가시야마선을 타고서 종점인 나고야역에 도착한 뒤에 다시 긴테츠나고야선으로 환승하여 급행전철을 타고 15분쯤 갔다. 아이치현과 미에현 딱 경계에 위치한 아이치현 야토미시가 바로 내 친가가 있는 동네다.

소요된 시간은 약 한 시간. 굳이 자취를 하지 않고도 친가에서 충분히 통학할 수 있는 거리였지만, 나는 자취생활을 하고 싶다고 강하게 고집했다. 자립하여 세상을 공부하기 위해서—라는 이유는 부모님을 납득시키려는 방편일 뿐이고, 속내는 대학교까지의 거리를 줄여서 편하게 통학하고, 혼자서 시간을 홀가분하게 보내기 위해서였다.

우리 가족은 나와 아버지와 어머니, 그리고 네 살 터울의 누나로 구성됐다. 누나는 내가 열네 살 때 진학하기 위해 상경했고, 작년에 그대로 도쿄에 소재한 회사에 취직했기에 친가에는 부모님만 계신다.

"……다녀왔어요."

아침 9시가 지난 시각. 나는 가까운 역까지 데리러 나온 아버지의 차를 타고서 온통 밭밖에 없는 싫증 나는 풍경을 바라보며 역에서 차를 타고 5분쯤 걸리는 친가로 돌아갔다.

내가 초등학교 2학년 때 다시 지은 2층짜리 단독주택.

깔끔하게 정돈하고, 청소도 두루두루 해놓은 거실 안쪽,

어머니가 부엌에 서서 "어서 오렴. 오랜만이네." 하고 웃으며 맞이해줬다.

거리가 거리인지라 돌아가려고 마음먹으면 언제든 돌아갈 수 있지만, 내가 마지막으로 귀성한 때는 연말연시였다. 대략 4개월만이었다.

"케이, 아침은? 지금 차리고 있는데 먹을래?"

"어."

나는 최소한으로 대답했다. 어머니가 수다스러운 데 비해 나와 아버지는 말수가 적고, 거의 먼저 입을 열지 않는다. 그래서 하타노가에서는 주로 어머니가 말한다. 어머니와 닮아서 명랑한 누나가 있었을 때는 조금 더 활기차긴 했지만…….

"마도카는 여전히 일이 바쁜 모양인지 연휴인데도 못 오는 모양이더라……. 출판사가 참 힘든가 봐."

식탁에 막 구워낸 토스트와 계란프라이, 간단한 야채샐러드와 과일 잼이 든 요구르트를 올리면서 어머니가 멀리 사는 누나 이야기를 시작했다.

나는 식탁에 앉아 "흐응" 하고 대꾸하고서 토스트를 베어 먹었다.

"역시 못 오는구나. 마지막이라 만나보고 싶었는데……."

"마지막?"

"아, 아무 것도 아냐."

오랜만에 친가에 와서 마음이 편해졌는지 무심코 헛소리

를 내뱉었다. 나는 뜨거운 커피를 마시고서 얼버무리듯 말을 이어나갔다.

"……뭐, 누나라면 괜찮겠지. 자기가 원해서 선택한 직업이니까."

짙게 화장을 해서 기가 세 보이는 얼굴, 밝은 색으로 염색한 머리, 그리고 요즘 패션으로 몸을 치장하고 다니는 누나의 모습을 떠올리며 중얼거렸다.

누나는 옛날부터 외모에 어울리지 않게 독서가였다. 장래에 책과 관련된 일을 하고 싶다고 누누이 말했다. 중학생 때부터 고등학생 때까지는 소설가를 꿈꾸며 스스로 작품을 써 보기도 했다. 그러나 빈말이라도 문재(文才)가 있다고 포장해줄 수 없는 실력이라서 단념했다. 대학생 때부터는 편집자로서 책을 만드는 현장에 몸을 담고 싶다며 꿈을 바꿨다. 그리고 작년에 그 꿈을 멋지게 이뤄낸 누나는 현재, 제1 지망이던 대형 출판사에서 매일 바삐 일한다.

미인인데다가 싹싹하고, 자신의 의사나 의견을 똑부러지게 밝힐 줄 아는 누나를 나는 어렸을 적부터 은밀히 존경해왔다. 나도 저렇게 되고 싶다고 동경했다. 그러나―.

"……케이. 넌 하고 싶은 거 없어?"

작년 연말, 대략 반 년쯤 전에 친가에서 누나와 텔레비전을 편안히 보면서 나눴던 대화가 떠올랐다.

"없네. 전혀."

나는 즉답했다. 나는 특별히 하고 싶은 게 없었다. 그때 봤던 버라이어티 프로그램도 누나가 보고 싶다며 채널을 돌려서 튼 것이었다. 나는 누나가 택한 프로그램을 멍하니 쳐다보기만 했다. 누나가 캔 추하이를 마시면서 "흐응" 하고 대꾸했다.

"여친은?"

"없는데……."

"우와아, 진짜 쓸쓸한 인생이네."

"……시끄러워. 하고 싶은 게 없는 건 그렇다고 쳐도 여친은 딱히 없어도 되잖아. 곁에 있어봤자 귀찮기만 하고."

나도 여친을 한두 번 사귀었던 경험이 있었다. 고등학교 1학년 겨울과 대학교 1학년 여름에 각각 같은 반 동급생과 아르바이트 선배와 교제했다.

먼저 고백을 받아서 사귀었지만 첫 번째는 한 달, 두 번째는 2주밖에 가지 않았다. 원인은 내 무정함 때문이었다. 연락을 해도 늦게 반응한다느니, 사랑이 조금도 느껴지지 않는다느니 그런 이유였던 것 같았다. 솔직히 미묘한 기억뿐이었다.

내가 인상을 찌푸리며 중얼거리자 누나가 "아하하" 하고 쓴웃음을 지었다.

"너 그거, 아직 진심으로 좋아하는 상대랑 사귀어 본 적이 없어서 그런 거 아니니?"

나는 "그럴지도" 하고 한숨을 내뱉었다.

옛날부터 누나는 이런 화제를 좋아했다. 내가 중학생이었을 적에 반쯤 강제로 읽게 한 누나의 자작 소설도 달콤한 연애소설이었다. 솔직하게 감상을 들려달라고 하기에 「죽을 정도로 재미없다」고 했더니 「죽어!」라면서 내 목을 졸랐다. 살짝 죽을 뻔했던 그날은 어린 날의 트라우마였다.

"사랑은, 진짜로 인생을 바꾸거든."

알코올이 들어가서인지 얼굴을 살짝 붉히고서 누나께서 말씀하셨다. 나이를 먹을 대로 먹은 스물세 살짜리 성인이 그런 말을 입에 담고도 창피하지 않은가 보다.

"내가 책에 빠진 계기도 그 근원을 거슬러 올라가면 중학생 때 처음으로 좋아했던 상대가 독서가였기 때문이었고."

처음 듣는 소리였다. 설마 그런 시답잖은— 아니, 뜻밖의 이유 때문이었을 줄이야.

"너 방금, 시답잖다고 생각했지?"

"아, 안 했어……."

내가 시선을 돌리자 누나가 콧방귀를 끼고서 츄하이를 들이켰다. 그러고는 술 냄새 나는 숨을 내뱉으며 말했다.

"……그래도 말이야, 케이. 인생을 풍부하게, 충실하게 해주는 것들은 대개가 시답잖은 것들이야. 넌 생각이 너무 많아."

누나가 빈 캔으로 내 뺨을 툭툭 찌르고서 웃었다.

"뭐, 언젠가 찾게 되겠지. 하고 싶은 일도, 진심으로 좋아하는 상대도. 인생은 의외로 길다?"

─약 4개월 전. 그때 들었던 누나의 말이 이제 와서 내 가슴에 꽂혔다.

(왠지 결국에는 찾기도 전에 끝나버릴 것 같은데 말이야. 내 인생……. 하지만 이대로 시간을 빈둥빈둥 보내봤자 찾을 수 있을 것 같지도 않고.)

나는 아침을 다 먹고서 거실 소파에 앉아 텔레비전을 멍하니 바라보면서 문득 생각해봤다. 만약에 사흘 뒤에 죽지 않고 계속해서 살아갈 수 있다면…….

나는 누나처럼 하고 싶은 게 없는지라 대학교를 졸업한 뒤에 별 흥미도 없는 회사에 취직하여 아무 보람도 없는 일을 꾸역꾸역 처리하면서 삶의 가치도 찾아내지 못한 채 막연하게 나이를 먹고, 서서히 죽어가겠지.

어쩌면 누나의 말대로 도중에 하고 싶은 일을 찾아내고, 진심으로 좋아하는 상대와도 만나 행복하게 살 수 있을지도 모르겠다. 그러나 그런 미래는 티끌만큼도 상상할 수 없었다. 아무리 고민해본들 앞일은 알 수가 없다. 알 수가 없기에 우울하다.

다만 지금은 이미 『죽음』이라는 미래가 정해져 있다.

그 사실에 나는 크게 안심했다. 죽음은 결코 행복한 결말이 아닐지도 모르지만, 그래도. 꿈도, 희망도 품지 못한 채 끝이 보이지 않는 어둠 속을 계속 걷는 것만 같은 인생보다야 나은 것 같았다.

나는 다시금 『죽기 전에 해두고 싶은 것 리스트』를 펼치고서 남은 4일 동안에 해야 할 일들을 다시 정리했다.

(오늘은 이제부터 동네 친구 녀석들이랑 밥 먹고 놀고서 저녁은 친가에서. 내일은―.)

―그때 스마트폰이 진동하여 새 메시지가 왔음을 알려왔다.

동네 친구가 보낸 줄 알았더니 상대는 요시타니였다. 답장이 늦어서 미안하다는 사과와 감사 인사, 가까운 시일에 꼭 다시 만나고 싶다는 뜻이 적혀 있었다. 나는 한동안 망설이다가 이렇게 답장을 보냈다.

『모레 낮이나 밤은 괜찮아.』

원래는 쿄우카와 보낼 작정이었지만, 지금은 왠지 마음이 무거웠다. 잡념이 자꾸만 떠오르니 되도록 얼굴을 마주하고 싶지 않았다.

(쿄우카는 지금쯤, 내 집에 있겠지. 만화를 읽고, 게임을 하면서 분명 혼자서도 즐겁게…….)

어제 저녁에 쿄우카의 생각을 확인하고, 이대로 그녀와 시간을 함께 보내는 미래를 상상해 본 이후로. 나는 쿄우카를 위해서 시간을 쓰는 게 어리석다는 생각이 들어서 번민했다. 그럴 바에야 차라리 요시타니와의 관계를 복구하여 찝찝한 감정을 떨쳐내 버린다면 웃으면서 최후를 보낼 수 있지 않을까 싶었다.

나는 생각을 고쳐 먹고서 그저께 새로 추가했던 『쿄우카와 치즈 닭갈비(진짜)를 먹는다』에서 『쿄우카와』부분을 삭제했다.

◇

그 뒤로 11시부터 약속한 대로 초중학교 동창인 두 동성 친구와 만나 단골 중화요리점에서 점심을 먹었다. 우리 셋 모두 고등학교는 딴 곳을 갔지만, 졸업한 뒤에도 그럭저럭 인연을 이어온 귀중한 친구였다.

대학생 때는 내가 고향을 떠난 바람에 예전보다 만나는 횟수가 줄어들었다. 그러나 유소년기부터 알고 지내왔기에 다소 소원해졌더라도 끊을 수 없는 연대감이 느껴졌다.

추억을 주고받으며 이야기꽃을 피웠다. 나는 왠지 시간이 거꾸로 되돌아간 것 같은 감각으로 마음을 터놓은 친구들과 노래방과 당구장, 찻집에서 한때를 즐겼다.

대단히 평온한 시간이었다. 내 마음을 뒤덮고 있던 아지랑이 같은 우울감이 옅어지고 가시는 듯했다.

"—케이, 너 언제 돌아가냐?"

18시 반. 우리 집 앞까지 데려다주고서 헤어질 즈음에 친구가 운전석에서 물었다. 나는 조수석에서 내리며 말했다.

"아직 확실히 정하진 않았는데, 내일이나 모레까지는 있을걸. 참고로 모레는 저녁부터 약속이 있어."

"오. 뭐야, 데이트?"

"아냐."

반사적으로 부정했지만 약속상대는 이성인 요시타니이니 데이트라고 할 수 있을지도 모르겠다. 친구가 "그렇겠지. 농담, 농담!" 하고 웃었다. 다른 한 친구는 먼저 집까지 바래다줬기에 지금 이곳에는 나와 그 친구뿐이었다.

"이만 간다. 다음에 또 놀자고? 6일까지는 일을 쉬어서 한가하니까."

"……그래. 알겠어."

내일은 친가에서 빈둥빈둥거릴 작정이었지만, 이틀을 연달아 옛 친구들과 노는 것도 나쁘지 않을 것 같았다. 나는 "또 보자"라고 인사한 뒤 조수석 문을 닫고서 친가 근처에서 친구와 헤어졌다.

떠나가는 자동차의 후미등 불빛이 시골 특유의 짙은 어스름에 휩싸인 좁은 도로를 붉게 비췄다. 그 순간.

"……앗?!"

나는 친가로 들어가려던 중에 도로와 밭 경계 부근인 길섶에서 누군가가 서있음을 알아차렸다. 시야 한구석, 붉게 물든 어둠 속에 우두커니 서 있는 온몸이 새카만 사람의 실루엣.

그러나 내가 흠칫 놀라고서 고개를 다시 돌렸을 때는 이미 인기척이 사라진 뒤였다. 막연한 어둠만이 조용히 펼쳐져 있을 뿐이었다.

"―쿄우카?"

어둠을 향해 불러봤으나 대답이 없었다. 나는 주변을 주의 깊게 살펴봤다.

"······잘못 봤나?"

주변에 사람이 없음을 확인하고서 고개를 돌려 친가로 돌아갔다. 무심코 발걸음이 빨라졌다. 그 무차별 살인마의 존재가 뇌리에 스쳤기 때문이겠지.

"하아. 대체 뭐야, 빌어먹을······."

현관문을 열면서 욕지거리를 내뱉었다. 무차별 살인마도 그렇지만, 덕분에 떠오르지 않도록 애써 억눌렀던 쿄우카마저도 떠오르고 말았다.

그와 동시에 생각했다. 만약에 아까 그 실루엣이 쿄우카이고, 나를 남몰래 만나러 와준 거라면.

나는 역시나 기뻐할까······, 하고.

◇

정겨운 친가의 집밥을 맛보고, 따뜻한 물에 몸을 푹 담그고서 아이스크림을 먹었다. 나는 그렇게 오랜만에 찾은 친가를 만끽하고서 만족한 기분으로 내 방으로 돌아갔다. 그러고는 청결한 시트가 깔린 침대 위로 몸을 던졌다.

자취생활을 경험하면 부모님 집이 얼마나 아늑한지 절실히 깨닫게 된다고들 하던데, 정말 맞는 말인 것 같았다.

특히 식탁. 바삭하게 튀겨진 닭튀김에 감자 샐러드, 건더

기가 잔뜩 들어간 된장국과 야채절임……. 자취할 때는 잔 손이 가는 음식이나 반찬들을 잔뜩 차려놓고 먹을 수가 없 었다. 옛날에는 매일 당연하다는 듯이 먹었던 식사를 이렇 듯 오랜만에 접하니 삼류 레스토랑보다도 훨씬 맛있었다.

"왠지, 내일도 먹고 싶은 기분인데……."

나는 『죽기 전에 해두고 싶은 것 리스트』에 적힌 『집밥(되 도록 닭튀김이나 햄버그)을 먹는다』와 『동네 친구와 만난다』 항목 에 동그라미를 친 뒤에 리스트를 다시금 봤다.

처음에 열여덟 항목이 있었는데 상당히 줄어서 여덟 항목 이 남았다.

방 청소나 신변 정리 등은 틈틈이 하면 된다고 치고, 아직 읽지 못한 책 여러 권과 클리어하지 못한 게임 하나가 남았 다. 이 정도라면 이틀 만에 해치울 수 있겠지.

문제는…….

"……쿄우카를 웃게 한다라."

맨 위에 적힌 첫 번째 바람. 내가 가장 어려워하면서도 보 람이 있겠다고 느꼈던 항목이다.

그러나 지금은 도저히 달성할 수 없을 것 같았다. 아니, 애당초—

"내가 그 녀석을 웃게 해서 뭘 어쩌자는 거야……."

나는 조용한 방 안에서 불쑥 중얼거렸다.

나는 쿄우카의 자연스러운 웃음에 이끌려 그 표정을 더 보고 싶다, 미소 짓게 해주고 싶다고 바랐다. 그러나 달성해 본들 대체 뭐가 달라질까.

내가 쿄우카에게 매력을 느끼고 좋아해 본들 그녀가 아무렇지도 않게 생각한다면 나는 괴롭고 고통스러울 뿐이다.

─닿지 않는 감정을 가슴에 품은 채로 그녀의 손에 목숨을 잃고서 죽는다. 그런 말로는 최악이었다. 나는 즐겁게 웃으면서 최후를 맞이하고 싶었다.

"……. 그냥 지울까, 이거."

침대에 드러누운 채로 스마트폰 화면을 노려보며 내뱉었다. 나는 한동안 진심으로 고민을 거듭했다.

"……아니, 딱히 아무렇든 상관없지."

고민하는 것 자체가 어리석은 것 같아서 리스트를 닫았다.

4일차가 다 끝나가니 이제 남은 인생은 사흘.

쿄우카를 웃게 하는 것보다 먼저 내 자신이 웃으면서 최후를 맞이할 수 있도록 애쓰는 편이─. 나는 음울하게 가라앉은 기분을 전환하고자 제 뺨을 때렸다.

하타노 케이 담당 사신 쿄우카

오늘은 대상자가 아이치현 야토미시에 있는 친가로 돌아갔기에 전 대상자가 없는 나고야시 메이토구의 자택에서 빈집을 지켰습니다.

대상자가 자택을 나서기 전에 얼굴을 한 번 볼까도 생각했지만, 그가 어제 「혼자 있고 싶은 기분」이라기에 대상자가 자택을 떠난 아침 8시가 지난 뒤에 방문하여 그대로 하루를 대기했습니다.

빈집을 지킨 이유는 대상자가 지시했기 때문이며, 제가 고의로(예를 들어 만화를 읽고 싶다든지, 비디오 게임을 하고 싶다든지, 하는 개인적인 이유로) 사신 본연의 역할인 영혼 회수 작업을 등한시한 것은 아니므로 양해해 주십시오.

……뭐, 대기 중에 딱히 할 일이 없는지라 결과적으로 만화나 비디오 게임 등 하계의 오락을 접하긴 했습니다만.

다만 저는 결코 즐기지는 않았습니다.

거짓말이 아니라 정말로 별로 즐겁지 않았습니다.

참고 : 대상자는 내일도 친가에서 지낼까요…….

Day 5

: 둘의 시간

"좋은 아침입니다, 케이."

이튿날 아침. 친가에서 눈을 뜨니 커튼 사이로 아침 햇살이 새어드는 방 안에서 상복처럼 검은 원피스를 입은 흑발 소녀가 머리맡에 서있었다. 무표정한 눈동자로 나를 내려다보고 있었다.

"―쿄우카?"

꿈인 줄 알고 눈을 깜빡이고서 멍하니 물었다.

"왜 여기 있는 거야? 내가 친가로 돌아간 동안에는 굳이 함께하지 않아도 된다고 했잖아? 그 집에서 자유롭게 보내라고."

"그렇지만……."

쿄우카가 시선을 돌리고서 기어들어가는 목소리로 불쑥 중얼거렸다.

"미안해요. 지루해서."

"지루? 하계의 오락에 질렸어?"

"……질린 건 아닙니다. 만화도, 게임도, 과자를 먹으면서 보는 영화나 텔레비전 방송도요. 익숙지 않은 것들이라서 신선하니까요."

"뭐야. 평범하게 만끽하고 있구만……."

"하지만, 왠지 지루합니다."

그녀는 마치 어둠 속에서 뿌옇게 떠오른 인형과도 같았다. 창백한 그 미모는 평소처럼 무표정했으나 목소리에는 당혹감이 실려 있었다.

"마음껏 만화를 읽고, 게임을 하고, 영화를 감상했는데도, 별로 즐겁게 않았습니다. 그저께 낮에 케이가 대학교에 간 동안에도 왠지 그런 느낌이 들었습니다. 케이―."

쿄우카가 나를 쳐다봤다. 유리처럼 무기질적인, 그러나 아름답고 투명한 두 눈동자로.

"당신이, 없었기 때문입니다."

"……아?!"

그녀가 말한 순간 내 심장이 쿵쾅 뛰었다.

"내, 내가……?"

"예. 어제도, 그저께도 제가 지루하다고 느꼈던 때는 언제나 혼자 있던 때였습니다. 케이가 곁에 없으면 만화를 다 읽더라도 내용에 관해 얘기할 수가 없고, 함께 게임을 플레이하며 흥을 낼 수도 없습니다. 소파에서 영화를 볼 때도 옆에 누군가가 없으니 허전해서 집중할 수 없었습니다. 과자 맛도 별로였고, 뭔가가 부족했습니다. 부끄럽게도……."

쿄우카가 눈을 내리깔고서 눈썹 끝을 축 내렸다. 그녀가 힘없이 중얼거렸다.

"……전 케이가 함께 있어주지 않으면『즐겁게』있지 못하는 것 같아요."

"쿄우카……."

쿄우카가 뜻밖의 말을 한 순간, 내 마음속에 차갑게 얼어붙었던 감정이 따뜻하게 녹더니 사르르 퍼져나갔다. 그녀가 나를 힐끔 보고서 혼잣말을 하듯 물었다.

"케이는 아마 오늘도 여기 친가에서 시간을 보낼 거죠? 그렇다면 역시 제가 함께 할 필요도—."

"저기. 쿄우카는, 어쩌고 싶은데?"

나는 쿄우카의 깨나른한 눈을 응시하며 물었다.

"어떻게 생각하는 거야? 나랑 시간을 함께 보내고 싶은지, 딱히 그런 건 아닌지…… 어느 쪽이든 상관없다든지. 쿄우카의 솔직한 심정을 들려줬으면 좋겠어."

"……제 심정?"

쿄우카의 눈이 동그래졌다. 그녀가 가슴에 손을 대고서 고개를 떨궜다.

"전……."

쿄우카가 잠시 생각에 잠긴 뒤 고개를 들어 나를 쳐다보고서 대답했다.

"……케이랑 함께 있고 싶어요."

쿄우카는 무표정했고, 목소리에서도 기복은 느껴지지 않았다. 그러나 그 눈빛은 진지하고 올곧았다.

"케이가 함께하지 않아도 된다고 했지만, 전…… 당신이 보내는 마지막 시간을 함께하고 싶습니다."

"……. 그렇구나."

나는 한숨을 깊이 내뱉고서 눈꺼풀을 감았다. 비가 그치고 먹구름이 갠 뒤에도 좀처럼 우울감이 가시지 않았던 마음이 순식간에 맑게 개어가는 게 느껴졌다.

"잘 알겠어."

나는 몸을 일으키고서 웃었다. 그러고는 머릿속으로 오늘 일정을 다시 고치면서 말했다.

"그렇다면 일정을 변경해야겠다. 네가 꼭 함께해 줬으면 좋겠어. 뭘 할지는 아직 전혀 정하지 않았지만."

나는 하루 만에 만난 쿄우카를 바라보며 솔직한 심정을 말했다.

"나도, 쿄우카랑 함께 있고 싶으니까."

"……그런가요."

그러자 순간 쿄우카의 입가가 풀렸다. 그것은 그녀가 파르페를 먹었던 날 이후로 처음으로 보여준 인간답고 자연스럽고 귀여운 미소였다.

"다행이다."

그렇게 중얼거리며 부드럽게 웃는 쿄우카를 바라보며 나는 난생 처음으로 사랑에 빠졌음을 확실히 자각했다.

◇

"그럼, 케이. 몸조심하렴."

"……어어."

아침 8시. 친가에서 아침을 먹은 뒤 어머니가 자동차로 인근 역까지 데려다줬다. 나는 고향을 떠난다. 오늘은 친가에서 느긋하게 보내거나, 어제에 이어서 친구들과 놀 작정이었지만, 쿄우카와 둘이서 보내기 위해서 조금 일찍 돌아가기로 했다.

거리가 가깝기도 해서 짐은 외출용 가방뿐이었다. 나는 조수석에서 내려 어머니에게 마지막 작별 인사를 했다.

"다녀올게."

평소처럼 최소한의 대답만 하고서 문을 닫으려고 하다가 "……어머니랑 아버지도 잘 지내. 고마워" 하고 덧붙였다. 나는 가족과 사이가 각별히 좋지는 않지만, 그래도— 역시 인생의 마지막이 다가오니 부모님을 향한 고마움과 미안함이 가슴속에서 울컥 치밀었다.

그런 감상에 젖어서 익숙지 않은 말을 내뱉으니 겸연쩍었다. 나는 멋쩍음을 감추듯 문을 닫고서 뒤도 돌아보지 않고 역으로 향했다. 헤어질 즈음에 어머니가 평소답지 않은 내 태도에 어리둥절해했다.

"—케이."

플랫폼 의자에 앉아 무료함을 달래고자 스마트폰을 만지작거리며 나고야 방면 전철을 기다리고 있으니 옆에서 누군가가 불렀다. 고개를 돌리니 방금 전까지 아무도 없었던 의자에 온몸이 새카만 소녀가 툭 앉아 있었다.

쿄우카의 존재가 가족에게 알려지면 성가실 것 같아서 내 방에서 나간 이후에는 영체화하여 모습을 숨겨달라고 했다. 대략 두 시간 만에 임시 육체를 얻고서 영체에서 반영체로 변한 쿄우카가 무표정하게 물었다.

"자취방으로 돌아가는 건가요?"

"응. 그, 그래⋯⋯."

나는 쿄우카가 홀연히 나타나는 순간을 누가 목격하지 않았는지 걱정하여 주변을 둘러봤다. 역 플랫폼에는 우리 말고도 전철을 기다리는 사람들이 몇몇 있었다. 그러나 아무도 이쪽을 신경쓰지 않는 것으로 보아 문제는 없는 듯했다.

때마침 특급전철이 반대쪽 플랫폼을 통과했다.

"그렇지. 남은 사흘 동안에 마무리 지어야 할 책이랑 게임도 있으니 자취방으로 돌아가서 느긋하게 보내는 것도 좋겠지만—."

나는 스마트폰을 집어넣고 일어선 뒤 그 자리에서 기지개를 크게 켰다.

"모처럼 나왔으니 오늘은 이대로 나들이를 하고 싶어. 그저께 밖에서 보내기로 했다가 취소된 시간도 벌충할 겸. 쿄우카는 어디 가고 싶은 데 있어?"

"가고 싶은 데⋯⋯."

쿄우카가 나를 올려다보며 한동안 굳어버렸다. 그러고는 시선을 돌리고서 건조한 목소리로 중얼거렸다.

"⋯⋯. 어디든 좋습니다."

차갑고 쌀쌀맞은 그 반응은 여전하구나 싶어서 나는 무심코 쓴웃음을 흘렸다. 그 순간.

"케이가 곁에 있다면 어디든⋯⋯."

쿄우카가 불쑥 그 말을 덧붙였다. 역시나 표정은 변함이 없었지만, 나와 시선을 마주치지 않는 것으로 보아 조금 창피해하는 것도 같았다.

나는 오늘 아침에 마음속에서 막 싹튼 감정이 부풀어서 더욱 강해졌음을 느꼈다.

"……그래?"

말은 그렇게 했지만, 분명 지금 내 입가는 칠칠치 못하게 풀어져 있겠지. 그 표정을 감추듯 고개를 앞으로 돌리고서 대화를 이어나갔다.

"알겠어. 그럼 어딜 갈까. 확 떠오르는 곳은 볼링장이나 영화관인데…… 기왕이면 평소에 잘 가지 않을 만한 곳이 좋겠네. 인생의 마지막 사흘을 쿄우카랑 둘이서 보낼 작정이니……."

─바로 그때, 차임벨 소리와 함께 안내 방송이 울리더니 전철이 맞은편 플랫폼으로 미끄러지듯 들어왔다. 적갈색 차량이 속도를 떨어뜨리며 서서히 정차했다.

이 시간대에는 나고야 방면 전철에 비해 승객이 적은지라 이쪽 차창으로 엿보이는 차량 내부가 드문드문 비어 있었다.

내가 이 역을 이용할 때마다 보는 익숙한 광경이었다. 그러나 이번이 아마도 마지막일 거라고 생각하니 감개무량했다.

나는 쿄우카의 옆에서 전철이 플랫폼을 떠나가는 광경을 멍하니 바라봤다.

(……저 전철, 어디까지 가지.)

불현듯 그런 의문이 들었다. 그러고 보니 저 방면으로 가는 전철은 나고야역에서 친가로 돌아갈 때를 빼고는 이용해 본 적이 없었다.

귀향할 때마다 언제나 이 야토미역에서 내리므로 그『너머』로 가본 적이 없었다. 저 전철이 마지막에 도착하는 곳도『ㅇㅇ행』이라는 이름으로만 파악할 뿐이었다.

내가 늘 도중에 내리는, 저 전철은 대체 어디로 향하는 걸까.

그곳에는 대체 어떤 동네가 있고, 어떤 풍경이 펼쳐져 있을까?

ㅡ몹시도 궁금해졌다. 인생의 종착점이 점점 다가오고 있기 때문인지도 모르겠다.

"……가볼까."

나는 멀어져 가는 전철을 바라보며 중얼거리고서 지금껏 고민했던 오늘 일정을 정했다. 미리 알 수 있을 리가 없는 죽음을 선고받고, 만날 리 없는 쿄우카와 만난 뒤로 원래였다면 내가 평생 알지 못했을 감정을 깨닫게 됐기에.

평범하게 살았더라면 알지도 못하고, 눈으로 보지도 못했을 저 끝의 풍경을 쿄우카와 함께 보고 싶었다.

쿄우카와 반대편 플랫폼으로 이동하여 다음에 도착한 전철에 올라탔다. 8시 36분 출발, 급행 이스즈가와행.

"이스즈가와는 어디야……. 미에현?"

우선 차량 안에 붙은 정차역 안내도를 확인해보니 종점인 이스즈가와역까지는 급행을 타고서 열다섯 역을 가야만 했다. 또한 이 전철은 거기까지만 가는 모양이지만, 노선도는 계속해서 뻗어나갔다. 진짜 종점은 『카시코지마』라는 역인 듯했다.

스마트폰으로 잠깐만 조사해 봐도 정보를 얻을 수 있겠지만, 나는 굳이 사전조사를 하지 않았다. 아직 본 적 없는 종착역이 어떤 곳일지 거듭 상상해봤다.

쿄우카와 나란히 2인 좌석에 앉아서 흘러가는 풍경을 바라보며 잡담을 나눴다.

"……카시코지마(賢島)라. 이름에 『섬 도(島)』가 들어갔으니 뭐, 섬이겠지."

"그렇겠네요. 적어도 산은 아닐 테지만……, 지명에 『현명할 현(賢)』자가 들어간 것으로 보아 지능지수가 매우 높은 분들이 살고 있겠죠. 매일 고도의 두뇌 게임을 벌여서 무능한 바보는 가차 없이 배제하기에 현자만이 살아갈 수 있는 섬. 그곳이 아마 카시코지마겠죠."

"그럴 리가 있겠냐. 만화를 너무 많이 읽은 거 아냐."

나는 어이없어하면서 창밖에서 왼편으로 시선을 옮겼다.

통로 쪽에 앉은 쿄우카가 내가 심심풀이로 건네준 스마트폰을 만지작거리며 깨나른한 눈으로 퍼즐 게임을 하고 있었다. 나는 그 얼굴을 보며 물었다.

"쿄우카도 지금 향하는 곳에 가본 적이 없어? 영혼 회수 작업을 하면서 말이야."

"……없죠. 내가 담당한 지역은 주로 주부 지방의 아이치현 안이거든요. 긴키 지방의 미에현은 담당 범위 밖입니다."

"그렇구나. 사신마다 담당 지역이 정해져 있구나……. 참고로 한 지역에는 얼마나 많은 사신들이 활동해?"

"얼마나 말인가요? 글쎄요……. 내가 하루에 회수하는 영혼은 대략 30개, 사신계에서 하루에 영혼이 3천 개쯤 모인다고 하니…… 일본에서 활동하는 사신의 총인원수는 대략백 명. 지역에 따라서는 열 명에서 열다섯 명쯤 되는 것 같아요. 뭐, 어디까지나 예상이지만."

"……사신인 쿄우카도 정확히 모르는구나."

"예, 아쉽게도. 보통 사신끼리 서로 얽히는 일이 거의 없거든요. 각자 사신 수첩에 기재된 영혼을 묵묵히 회수할 뿐이에요. 하계에서 영혼을 갖고서 돌아왔을 때 얼굴을 마주하곤 하지만, 서로 인사도 하지 않고요."

"참 매정하네."

나도 인간관계가 얄팍한 편이지만, 그토록 무시하며 지내다니 침울해질 지경이었다. 그러나 쿄우카를 비롯한 사신에게는 당연한 일인지 그녀는 표정이 전혀 바뀌지 않았다.

"예전에도 말했다시피 사신계에는 쓸데없는 게 존재하지 않으니까요. 그건 사신계의 주민인 우리 사신이나 그 역할도 마찬가지입니다. 우린 그저 하계에서 죽은 인간들의 영혼을 회수하여 영계로 옮길 뿐……이니까."

쿄우카가 담담하게 말하다가 말끝을 흐렸다. 스마트폰을 만지작거리던 손가락을 멈추고서 중얼거렸다.

"이번 캠페인은 수수께끼입니다. 굳이 그럴 필요도 없는데 죽음을 알리고서 영혼을 회수하는 작업을 등한시하면서까지 대상자의 소원을 들어주라니."

"확실히, 마음에 걸리는 것들이 있긴 하네……. 시간을 유의미하게 보낼 수 있도록 죽음을 미리 알린다든지, 미련이 후련히 해소될 수 있도록 옆에서 돕는다든지. 쿄우카의 얘기를 듣고서 상상했던 냉혹하고 무정한 사신계와는 어울리지 않고, 친절이 조금 과한 것 같은 느낌도 들어. 묘하게 인간적이라고 해야 할까."

인간이 미련 없이 죽었을 때 사신계가 어떤 이득을 본다면 또 모르겠지만—. 그게 없다면 자선사업이나 마찬가지 아닌가.

"쿄우카는 자세한 설명을 듣지 않았어?"

"……예. 케이와 처음 만났을 때 설명했던 것 이상의 내용은 저도 딱히 듣지 못했습니다. 다만 최근에 사신계 수장이 교체됐다는데 그게 영향을 끼쳤는지도 모르겠네요."

"흐응……?"

맨 먼저 떠오른 이유는 그 새로운 사신의 마음씨가 굉장히 착해서 순수하게 우리 인간들을 위하여 이번에『미련을 털어내고서 후련하게 성불하자 캠페인』을 실시하지 않았을까.

내가 아는 사신은 현재로서는 쿄우카뿐이지만, 겪어본 바에 따르면 꼭 말이 안 되는 이야기만은 아닌 듯했다. 왜냐하면─.

"뭐, 캠페인 의도나 경위는 아무렇든 상관없지 않을까."

나는 사신에 관한 생각을 끊어 머릿속에서 떨쳐낸 뒤 화제를 전환하고자 웃었다. 골똘히 생각하느라 고개를 푹 숙인 쿄우카의 머리 위에 손을 톡 올렸다.

"이유야 어떻든 간에 그 캠페인이 실시된 덕분에 우린 서로 알게 됐고……, 지금 이렇게 함께 시간을 보낼 수 있는 거니까."

"응……."

내가 머리를 쓰다듬자 쿄우카가 고개를 들어 눈을 치뜨고서 나를 쳐다봤다. 윤기가 흐르고 가느다란 그녀의 머리카락은 부드러웠다. 마치 벨벳을 만지는 듯했다.

"……. 그러네요."

쿄우카가 간지럽다는 듯 살짝 눈웃음을 지었다.

"그건, 꽤 나쁘지 않네요."

인형 같은 차가운 미모가 무너지더니 창에서 새어드는 햇살 같은 온기를 머금은 표정이 퍼져나갔다.

그 미소는 닷새 전에 쿄우카와 처음 만났을 때도 드문드문 보였던, 내가 그녀에게 끌리는 계기가 됐던 감정의 발로였다.

인간의 목숨을 무자비하게 빼앗아 가는 사신의 속에도 어딘가 인간 같은 면모가 있음을 깨달았기에 나는 그녀가 자신을 죽이러 왔는데도 흥미를 가졌다. 그리고 마지막 시간을 함께 보내고 싶다고 느꼈다.

"……쿄우카."

나는 거의 무의식적으로 쿄우카를 불렀다.

쿄우카가 "예" 하고 대답했다. 승객들이 드문드문 보이는 전철 안. 우리는 비좁은 2인 좌석에서 서로의 눈동자를 바라봤다.

"저기. 나―."

소용돌이치는 강한 마음이 단어로 응결되어 새어나오려고 했을 때였다.

―부부부부부. 쿄우카가 든 스마트폰이 느닷없이 격하게 진동하면서 우리 사이에 감돌았던 달콤한 분위기가 흩어졌다.

쿄우카가 "앗" 하고 소리를 흘리고서 손을 내려다봤다. 전화가 왔다.

스마트폰 화면에 표시된 이름은 요시타니 카스미.

"미안해요, 케이. 이건 대체 어떡해야……."

"……앗?! 쿄우카, 만지지 말고 내게 넘겨―."

『아, 여보세요. 하타노 선배?』

나는 황급히 손을 뻗어 스마트폰을 받으려고 했으나 쿄우카가 무심코 손가락으로 응답 버튼을 누른 바람에 통화가 연결됐다.

수화기에서 흘러나오는 여자 목소리에 쿄우카가 "……음?" 하고 미간을 찡그렸다. 내가 제지할 새도 없이 스마트폰에 입을 대고는―.

"아뇨, 잘못 걸었습니다."

그렇게 부정했다. 전화기 너머에서 『앗』하고 놀라는 목소리가 들렸다. 침묵이 짧게 흘렀다.

『……저기, 누구신가요?』

수화기에서 요시타니의 목소리가 낮게 깔려 새어나왔다. 내가 지금껏 들어본 적이 없던, 무언가 불온한 울림을 담고 있었다.

쿄우카가 "하아" 하고 인상을 찌푸리고서 퉁명스럽게 내뱉었다.

"……당신이야말로 누굽니까? 현재 이 스마트폰은 내가 케이한테서 빌렸는데요―."

"아아, 요시타니! 미안."

나는 쿄우카의 손에서 스마트폰을 빼앗아 귀에 대고서 요시타니에게 사과했다. 손으로 입가를 가리고 몸을 웅크려서 차량 안에 소리가 울리지 않도록 주의하면서.

"스마트폰을 동행한테 넘겼는데 멋대로 전화를 받아버린 바람에……. 지금 전철 안에 있어. 용무가 있다면 메시지로 보내주는 편이……."

『하타노 선배. 방금, 여자 친구죠?』

내가 해명을 했는데도 아랑곳 않고 요시타니가 물었다.

그 목소리는 평탄하고 감정이 없었다. 마치 쿄우카 같았다. 스마트폰을 쥔 손에 땀이 흥건히 맺었다.

나는 진지한 표정으로 이쪽을 주시하는 쿄우카의 눈치를 살피며 신음하듯 대답했다.

"아, 어…… 뭐, 그런 느낌이야."

『…….』

"요시타니?"

『아하하. 죄송해요, 선배!』

핸드폰 너머에서 입을 꾹 다물고 있던 요시타니가 갑자기 환하게 웃으며 사과했다. 그러고는 갑작스레 확 돌변한 태도에 어리둥절해하는 나를 무시하고서 말을 이었다.

『여자 친구 분이랑 전철을 타고서 나들이 중이었네요? 방해해서 미안해요. 내일 약속에 관해 의논할 게 조금 있었는데 이제 괜찮아요. 괜찮으니까…… 전 괘념치 말고 선배는 여자 친구 분이랑 단둘이서 휴일을 즐겁게 즐기세요!』

"어? 야, 요시타니—."

『실례했습니다.』

그녀는 말을 빠르게 쏘아댄 뒤에 일방적으로 통화를 끊었다. 나는 한동안 넋을 놓고서 통화가 끊어진 화면을 쳐다봤다.

"……케이."

쿄우카가 불렀다. 나를 응시하는 쿄우카의 얼굴은 아주 무표정했다. 그러나 그 눈빛은 험악하고 얼음장처럼 차가웠다.

"방금 누굽니까?"

"……후배야. 대학교."

"여자였죠."

"어, 어어. 그런데……."

나는 대답하면서 담담히 질문하는 쿄우카를 물끄러미 바라봤다. 표정도, 목소리도 딱히 변화가 없었지만, 나는 혹시나 싶어서 물었다.

"뭐야, 질투해?"

"—질투?"

그 순간 쿄우카가 미간을 찡그리고서 얇은 입술을 일그러뜨렸다.

"질투 같은 거 안 했는데요."

"그럼 왜 그렇게 언짢은 건데."

"……. 몰라요."

쿄우카가 내뱉고서 고개를 홱 돌렸다.

"아까 전 여성의 목소리를 듣고, 케이가 그 여자와 대화를 나누는 모습을 보고 있으니 가슴에서 무언가가 울컥했을 뿐이에요."

"……그걸 질투라고 하는데 말이야."

나는 쓴웃음을 짓고서 뺨을 긁적였다. 쿄우카가 곁눈으로 나를 째려봤다.

"왜 웃는 겁니까, 케이?"

"아니, 기뻐서⋯⋯."

"기쁘다? 난 기분이 상했는데⋯⋯, 케이는 내가 불쾌해하는 모습을 보고 기뻐하는 그런 성격인가요?"

"아니, 아니. 그런 뜻이 아냐. 뭐—."

나는 언짢아하는 쿄우카를 쳐다보며 웃어 보였다. 똑같은 화난 얼굴이라도 예전에 만화 뒷내용을 알려줬을 때보다도 자연스러운, 인간다운 표정인 듯했다.

"언젠가 분명 쿄우카도 알게 되겠지."

나는 그런 변화를 하나씩 볼 때마다 기뻤다. 그와 동시에 아직은 조금 무뚝뚝한 사신소녀가 점점 사랑스럽게 느껴졌다.

◇

나는 고향의 야토미역에서 덜컹거리는 전철을 타고서 한 시간 반을 달렸다. 그리고 종점인 이스즈가와역에서 환승하여 한 시간쯤을 더 달려서 드디어 긴키 최남단인 카시코지마역에 도착했다. 이름 그대로『카시코지마』라는 섬 한가운데에 위치한 역이었다.

"오호⋯⋯ 왠지 예상보다 북적거리네."

벽촌이라서 인적이 드문 황량한 풍경을 상상했는데, 역 플랫폼이 나름 넓었다. 우리 말고도 하차하는 승객들이 여기저기 보였다.

역 안은 새롭고 말끔했고, 공기는 따뜻하고 맑았다. 산들바람에 바다 냄새가 살짝 섞였다.

"흐음, 카시코지마는 관광지로서 제법 유명한 곳이었나."

나는 시사에 어두워서 잘 몰랐는데 2년 전에 여기서 정상회의가 열렸던 모양이다. 미에현 시마시, 아고만에 있는 유인도로 섬 안에는 관광객을 위한 시설과 명소 등이 여럿 존재하는 듯했다.

나는 역 안에 있는 섬 안내도를 보면서 쿄우카와 일정을 의논했다.

"쿄우카, 어떻게 할까? 왠지 가볼 데가 많은 것 같은데."

"그러게요……."

쿄우카가 중얼거리고서 안내판 옆에 놓인 것을 쳐다봤다. 『시마 마린파크 도보 2분』이라 적힌 플레이트가 붙은, 암초 위에 두 마리의 새가 나란히 서있는 오브제였다.

"일단 난 이게 궁금합니다. 본 적 없는 생물이라서."

"저건 펭귄이라는 새야. 남극에 사는 날개 없는 새지. 마린파크라 적힌 걸 보니 아마 수족관인 것 같아."

"……수족관?"

"펭귄 같은 진귀한 바다 동물과 물고기가 잔뜩 있는 곳이야. 도보 2분이면 아주 가까울 테니 가볼래?"

"예, 가죠. 저 생물이 움직이는 모습을 보고 싶어요."

쿄우카가 펭귄상에 뜨거운 시선을 보내며 고개를 끄덕였다. 11시가 넘은 시각, 수족관을 둘러보고서 점심을 먹으면 시간상 딱 알맞을 것 같았다.

나는 "좋아" 하고 미소를 짓고서 왼손으로 쿄우카의 오른손을 잡았다. 그녀가 "음……" 하고 소리를 흘리고서 눈을 깜빡이며 의아하게 나를 쳐다봤다.

"저기, 미안합니다. 손을 왜 잡는 거죠, 케이?"

"아니, 그냥 잡고 싶어서."

나는 오른손으로 뒤통수를 긁적이며 물었다.

"싫어?"

"……."

쿄우카가 조용히 눈을 내리깔았다. 그러고는 내 손을 더욱 꼭 쥐고서 중얼거렸다.

"아뇨, 딱히…… 나쁘지는 않아요."

—나쁘지는 않다. 그것은 쿄우카가 표현할 수 있는 최대한의 찬사임을 요 며칠 동안 지내면서 자연스레 깨달았다. 내 입가가 실실 풀어졌다.

"그래? 그럼 문제없겠네."

쿄우카의 작고 가녀린 손바닥은 서늘했다. 마치 만들어진 물건 같았지만, 확실히 부드러웠다. 서로 맞잡은 손에서 온기가 사르르 번져가는 걸 느끼면서 나는 쿄우카와 낯선 동네의 낯선 길을 천천히 걸어 나갔다.

◇

시마 마린파크는 아담한 수족관이었다. 그러나 골든 위크가 한창이라서인지 나름 혼잡했다.

"……오오."

푸르른 하늘 아래, 하얀 인공섬 위를 뒤뚱뒤뚱 돌아다니는 펭귄들을 보고서 쿄우카가 울타리 밖으로 몸을 내밀었다. 그녀가 궁금해하던 펭귄은 매표소를 지나면 바로 나오는 야외에 있었다. 물이 채워진 공간 안에서 우리를 맞이해 줬다.

"저게 그 펭귄이죠? 걷는 게 재밌어요. 다리가 왜 저렇게 짧은 건가요? 날기는커녕 걷는 것조차 제대로 못하는 것 같은데. 그 모습이 몹시도 재밌어요. 우스꽝스럽네요."

"그런 소리 하지 마. 불쌍하잖아."

나는 쿄우카의 말에 탄식하면서 그녀와 나란히 서서 펭귄을 바라봤다. 수족관에 온 게 얼마만이지. 고등학교? 중학교 때 이후일지도 모르겠다.

솔직히 나는 사람이 사육하는 생물을 그저 멍하니 바라보기만 하는 수족관이나 동물원을 어떻게 즐겨야 좋을지 모르겠다. 신나게 갈 만한 곳은 아니라고 여겼다. 그러나—.

"앗."

펭귄이 육지에서 물속으로 뛰어들어 쭉쭉 헤엄을 치자 쿄우카가 목소리를 흘렸다. 그 옆얼굴은 얼핏 무표정하게 보였지만, 자세히 들여다보면 늘 졸려 보이는 두 눈이 살짝 커졌다.

"오, 놀랐습니다……. 새인데 헤엄의 명수네요. 마치 하늘을 하는 것처럼 물속을 마음대로 돌아다니는데요?"

"아까 쿄우카가 조롱해서 보란 듯이 헤엄친 게 아닐까."

"……우으으, 그렇군요. 확실히 얕잡아 봤어요. 날기에는
너무나도 작은 저 날개도 장식이 아니었던 것 같고요. 펭귄
씨, 미안해요."

쿄우카가 정중히 사과하고서 울타리 너머에 있는 펭귄들
을 향해 고개를 꾸벅 숙였다.

근처에 있던 초등학교 저학년 남자애가 무슨 신기한 동물
이라도 만난 것 같은 눈으로 쿄우카를 쳐다봤다. 나는 웃음
을 꾹 참았다.

펭귄을 보는 행위 자체는 그리 즐겁지 않았지만, 난생 처
음으로 펭귄을 목도한 쿄우카의 모습이나 반응을 바라보는
건 즐거워서 지루하지 않았다.

나는 쿄우카의 옆모습을 힐끗 보고서 물었다.

"사신계에는 저런 펭귄 같은 별난 생물은 없어?"

"……없네요. 풀과 꽃 같은 식물은 있지만, 동물 자체는
애당초 서식하질 않습니다. 덧붙이자면 바다도 존재하지
않아요."

"그렇구나."

"예. 하천이나 호수는 있지만, 하계처럼 광대한 해양은 전
혀……. 그래서 이 수족관이라는 시설이 아주 흥미로워요."

"하하. 그거 다행이네."

나는 웃으며 울타리에 기댔다. 바다 냄새와 생물의 비린

내, 쿄우카의 향기가 뒤섞여 코끝을 간질였다.

"천천히 구경해도 돼."

"예."

쿄우카가 수긍하고는 말없이 넋을 잃고 펭귄을 쳐다봤다.

나도 처음에는 쿄우카와 함께 펭귄을 바라봤지만, 어느새 점점 질려서 주변을 둘러봤다.

입장객 대부분이 아이를 동반한 가족이나 연인들이었다.

다른 사람들의 눈에는 우리가 아마도 커플처럼 비치겠지. 일단 사신에 관한 대화를 나눌 때마다 주변에 사람이 없는지 주의하고 있으니 아무도 쿄우카가 사신임을 상상조차 못 할 것이다. 그러던 중이었다.

(……응?)

5미터쯤 떨어진 울타리 앞에 조금 신경이 쓰이는 인물이 서있었다.

초봄이라서 날씨가 비교적 온화한데도 검은 코트를 입고, 검은 모자를 깊숙이 눌러쓴 남성이었다. 바지와 부츠도 검은색이었다. 위아래가 모두 검은색이라서 사신을 연상케 했다. 더욱이 그 남자는 혼자 온 것 같아서 유독 두드러졌다.

쿄우카가 죽음을 선고한 이후로 최근 며칠 동안에 여러 번 느꼈던 시선과 기척, 불길한 예감이 오한처럼 내 등줄기를 핥았다.

(저 남자…… 설마 미래의 살인마는 아니겠지? 이틀 뒤에 날 죽이려고 은밀히 미행하고 있다든가? 아니, 아니, 역시

말도 안―.)

내가 속으로 부정했을 때였다.

펭귄을 보던 남자가 갑자기 이쪽으로 걸어왔다. 나는 흠
칫 긴장하여 몸이 굳어졌다. 심장 박동이 빨라졌다.

내가 눈을 크게 뜬 채로 굳어 있으니 남자가 가까이 다가
와 검은 눈동자로 쳐다봤다. 이내―.

남자는 시선을 슥 돌리고서 뒤쪽으로 지나가 버렸다. 길
을 따라 앞으로 나아가는 남성의 뒷모습이 건물 안으로 사
라져가는 걸 지켜보면서 나는 한숨을 크게 내뱉었다.

쿄우카가 펭귄을 보다가 시선을 돌려 나를 쳐다봤다.

"아아, 미안해요……. 많이 기다렸죠? 저 펭귄을 실컷 봤
으니 이제 만족스러워요. 그만 가죠, 케이."

쿄우카가 먼저 내 손을 잡고서 살며시 쥐었다. 나는 별안
간에 튀어나올 뻔한 말을 삼키고서 그녀의 손을 쥐었다.

"어."

그러고는 고개를 끄덕였다. 이틀 뒤 밤에 내 목숨을 빼앗
을 이 손이 몹시도 미더웠다. 서로 손을 단단히 잡고서 어
둑한 건물 안으로 들어가면서 입을 열었다.

"……. 쿄우카."

"예?"

"네가, 날 확실히 죽여줄 거지?"

그 순간 쿄우카의 발걸음이 뚝 멈췄다. 그녀가 감정 없는
무기질적인 눈으로 내 눈동자를 쳐다보더니 얼굴을 으스스

하게 콱 일그러뜨리며 웃고서 대답했다.

"예, 맡겨줘요. 제대로 죽여줄 테니 그런 걱정은 하지 말아요. 난, 사신이니까요."

◇

수족관에는 펭귄 말고도 다양한 해양 생물— 어두운 실내에서 파랗게 빛나는 수조를 힘차게 헤엄치는 회유어(回遊魚)와 형형색색의 열대어, 두둥실 표류하는 환상적인 해파리, 시마 마린파크의 상징이기도 한 개복치 등이 있었다. 나는 쿄우카와 함께 생물들을 하나씩 차분히 즐겼다. 또한 물고기를 직접 만져 볼 수도 있는 코너에서는 쿄우카가 난폭하게 쥐는 바람에 물고기들이 몸부림을 쳤다.

"꺄악?!"

비명을 지르는 그녀의 모습이 우습고 귀여웠다. 그 반응을 한 번 더 보고 싶어서 나는 수조에서 잘 생긴 닭새우를 꺼내들었다.

"쿄우카. 이것 좀 봐봐."

"……응. 뭔가요— 꺄악?!"

그것을 얼굴로 가까이 가져가니 쿄우카가 입을 다물고서 굳어 버렸다.

그 결과, 쿄우카는 완전히 토라져서 한동안 입을 열지 않았다. 그러나 뾰로통해하는 모습까지도 역시 귀여운지라 수족관에 있는 동안에 내 입가는 계속 실실 풀어져 있었다.

"—케이. 이제, 뭘 하죠?"

15시 30분 전. 내 뒤를 따라오면서 기분을 푼 쿄우카가 물었다.

우리는 예상보다 오랫동안 수족관을 만끽하고서 수족관 내 레스토랑에서 조금 늦은 점심을 먹었다. 그 뒤에는 아고 만 제방을 따라 걸으면서 섬 안을 산책하고 있었다.

나는 자연이 풍부하고, 분위기가 고즈넉한 항구 동네의 풍경을 바라보면서 대답했다.

"으~음, 글쎄. 모처럼 왔으니 섬 관광을 실컷 즐기고 싶긴 한데……."

카시코지마에서 고향 역까지는 전철로 두 시간 반쯤 걸리니 내가 자취하는 공동주택까지는 대략 세 시간 반쯤 걸리겠지. 걸어서 이동하는 시간까지 포함한다면 네 시간 가까이 걸리니 이 섬에 너무 오래 머물 수는 없다. 기껏해야 다섯 시간 정도?

제방 인근에 있는 유람선 선착장과 그 안내판을 곁눈으로 본 뒤 나는 쿄우카를 돌아보며 물었다.

"아, 쿄우카는 앞으로 몇 시까지 나랑 함께할 수 있을 것 같아?"

"저 말인가요? 전—"

쿄우카가 눈을 내리깔고서 가슴에 꼭 끌어안은 복슬복슬한 펭귄 인형을 만지작거렸다.

그 인형은 내가 쿄우카의 기분을 풀어주려고 수족관 매점에서 사줬다. 덕분에 들고 다닐 거리가 생겨 손을 잡을 수가 없게 돼서 아쉬웠다.

쿄우카는 내가 질투하는 인형에 얼굴을 반쯤 묻고는 치뜬 눈으로 나를 쳐다봤다.

"몇 시까지든 괜찮아요."

"어?"

그녀가 뜻밖의 말을 중얼거리자 나는 발걸음을 멈추고서 당혹하며 되물었다.

"몇 시까지든 괜찮다니…… 쿄우카, 일은?"

"휴가를 받았습니다."

"……만 하루, 내일까지?"

"그러네요. 원래는 밤에 처리해야 할 영혼 회수 작업이 몇 건 들어오긴 했지만……, 오늘 아침에 케이랑 함께 보내기로 결정한 뒤에 사신계로 돌아가 억지를 부려서 다른 사신한테 업무를 미뤘습니다. 대상자의 소원을 들어주기 위해서, 라는 핑계로요."

"어?! 진짜……."

내가 친가를 떠나기 전에 영체화하여 모습을 숨겼을 줄 알았는데 몰래 귀환했던 모양이었다. 쿄우카가 "예" 하고 수긍하고서 놀란 내 옆에 나란히 섰다. 인형을 안은 채로 어리광을 부리듯 몸을 붙이고서 속삭였다.

"다음에 처리해야 할 업무는 내일— 4월 30일 21시 15분

37초로 예정되어 있습니다. 그때까지는 함께 보낼 수 있어요, 케이."

◇

"묵고 가면 좋을 것 같아요."

때마침 출항 시간이 겹친 유람선을 타고서 넓은 갑판 구석에서 바닷바람을 맞으며 쿄우카와 앞으로의 일정을 의논하던 때였다.

내가 전철로 언제 돌아갈지 이야기를 하자 쿄우카가 선뜻 그 말을 내뱉었다. 인형을 끌어안으며 눈앞에 펼쳐진 아고만 풍경을 바라보면서.

"하계에는 이런 때를 위해 숙박 시설이 있는 거죠? 무리해서 귀가하지 말고 그걸 이용하면 되는 거 아닌가요?"

"……아니, 뭐, 그렇긴 하지만."

"무슨 문제라도?"

"저기…… 돈이 말이야……."

쿄우카가 의아하게 쳐다보자 나는 그녀의 눈을 회피하며 대답했다.

죽음을 선고받고서 그 이튿날에 갖고 싶었던 걸 한꺼번에 사들인 이후로 그리 커다란 지출은 없었다. 그러나 오늘은 조금 무리하고 말았다.

돌아갈 전철비와 남은 이틀도 염두에 둔다면 금전적으로

여유가 있다고 하기가 어려웠다.

스마트폰으로 대강 검색해 보니 이 부근의 숙박 시설들은 모두 가격이 꽤 나갔다. 숙박비가 1만 엔을 넘는 곳이 대부분이었다. 또한 연휴 중이라서 조건이 괜찮은 숙박 시설은 대부분 다 차버린 듯했다.

돌아갈 수단은 있으니 무리하면서까지 숙박할 필요는 없겠지 싶었다.

"그, 그렇군요……. 그건 확실히 어쩔 수 없네요."

내 설명을 듣고서 쿄우카가 납득하여 고개를 푹 떨궜다.

쿄우카가 못내 아쉬워하는 눈치였다. 나는 그녀의 머리에 손을 올리고서 달래듯 쓰다듬으며 위로의 말을 건넸다.

"나도 가능했다면 오늘은 이대로 시간을 신경쓰지 않고, 쿄우카랑 느긋하게 보내고 싶은데 말이야."

현재 수중에는 5천 엔 정도밖에 없었다. 저축은 전부 해약했기에 이것이 나에게 남겨진 전 재산이었다.

혼자서 이틀을 보내기에는 충분한 금액이긴 하지만—.

"……역시나 두 사람이 묵고 가는 건 힘들어."

쿄우카가 돈이 없기에 함께 움직이는 데 드는 비용을 전부 내가 감당해야만 하는 것이 버거웠다. 쿄우카가 치뜬 눈으로 내 얼굴을 살피면서 물었다.

"혼자라면 어떻게든 되는 건가요?"

"그렇지…… 하다못해 1인이라면 어떻게든 될 것 같기도 하지만."

"그런가요? 그럼 문제없겠네요."

"어?"

내가 멍한 반응을 보이자 쿄우카가 고개를 끄덕이고서 힘차게 말했다.

"—케이. 내게 좋은 생각이 있어요."

◇

18시. 나는 전화로 예약한 여관에서 체크인을 하고서 여종업원의 안내를 받아 객실에 들어갔다. 넓이가 3평쯤 되는 일본식 방이었다. 바다와 마주한 쪽의 창문에서는 석양에 물들어가는 아고만의 아름다운 풍경을 한눈에 둘러볼 수 있었다.

"카시코지마에는 혼자 오셨나요?"

"아, 예. 그거예요, 대학생의 1인 여행이요. 하하……."

여종업원이 묻자 나는 다다미 바닥에 짐을 내리면서 대답했다. 가방이 빵빵한 이유는 펭귄 인형을 꾹꾹 눌러 담았기 때문이었다.

나는 내심 긴장했으나 여종업원은 특별히 의심하지 않고 "뭐, 좋겠네요." 하고 미소 짓고서 내부 시설과 숙박에 관하여 설명해 줬다.

"그럼 푹 쉬세요."

여종업원에 객실을 나가자 나는 한숨을 내뱉고서 마음속

으로『미안합니다』하고 사과했다.

그러고는 뒤를 돌아봤다. 방금 전까지 아무도 없었던 창가 의자에 흑발 소녀가 앉아서 황혼을 쬐면서 멍하니 밖을 바라보고 있었다.

"……쿄우카."

"예상대로예요. 잘 먹혔군요, 케이."

쿄우카가 내 쪽으로 고개를 돌리고서 뺨을 사악하게 콱 일그러뜨렸다.

나는 "……그러게" 하고 탄식하고서 우리가 오늘 묵을 일본식 방을 둘러봤다.

당연하지만 객실에는 카메라 같은 게 달려 있지 않다. 이렇듯 객실에 한 번 들어오면 동행인인 쿄우카의 존재가 들킬 우려는 하지 않아도 되겠지.

반영체인 쿄우카는 영체화하여 모습을 감추고, 내가 혼자서 체크인한 뒤에 객실에서 다시 모습을 드러낸다—. 이것이 쿄우카의 아이디어였다.

이러면 1인 요금으로도 둘이서 숙박할 수 있을 거라고. 결과적으로 잘 됐지만 자꾸만 양심이 찔렸다.

"뭔가요. 마뜩잖은 표정을 짓고."

"……왠지, 여관 사람들한테 미안해서."

"미안하다? 난 사신이지 인간이 아니니 숙박료를 지불하지 않아도 규칙 위반은 아니죠. 이 인형한테 숙박료를 물지 않는 것과 똑같은 이유입니다. 케이는 이상한 부분에서 고

지식하네요."

가방 안에 눌러 넣었던 인형을 끄집어 내서 안은 뒤 쿄우카가 좌식의자에 앉았다. 그러고는 곧바로 텔레비전을 켜고서 자기 집인 것처럼 편안히 지냈다.

"……쿄우카는, 이상한 부분에서 뻔뻔스럽네."

"예?"

"아니, 아무것도 아냐."

쿄우카의 태도를 보니 죄책감에 쭈뼛거리는 게 어리석게 느껴졌다. 나도 1박에 1만 5천 엔 가까이 드는 여관을 만끽하기로 했다.

여종업원의 설명에 따르면 경관이 좋은 대욕탕이 있다고 했다. 나는 갈아입을 유타카를 준비하고서 진지한 얼굴로 개그 프로그램을 보는 쿄우카를 불렀다.

"쿄우카. 욕탕에 좀 갔다 올게."

"응…… 밖에 말인가요?"

"어. 19시 저녁식사 때까지는 돌아올 테니 그때까지 방에서 얌전히 있어. 제발 들키면 안 돼."

"잘 알아요."

쿄우카가 천연덕스럽게 대답하고는 텔레비전을 계속 쳐다보며 물었다.

"케이. 저녁밥은 이 방에서 섭취하죠?"

"어. 시간이 되면 여관 사람이 방까지 가져다줄 거야. 그래서 객실에서 저녁을 먹을 수 있는 여관을 택한 거니까."

저녁식사를 제공하는 숙박업소는 여럿 있었지만, 내부 식당이나 레스토랑에서 먹는다면 나 혼자서는 식사를 할 수가 없다. 가격이 다소 비싸더라도 저녁을 객실에서 먹을 수 있는 여관을 택한 이유가 바로 그것이었다.

"저녁밥은 쿄우카랑 함께 둘이서 먹을 거야. 여긴 요리 가짓수도 많고, 맛도 호평이 자자한 것 같으니 기대하자고."

◇

벽 한 면을 가득 채운 창으로 아고만을 바라볼 수 있는 대욕탕 욕조에 몸을 담그고서 몸의 피로를 풀었다. 객실에 차려진 식사는 불평거리가 하나도 없을 만큼 훌륭했다.

섬다운 신선한 해산물이 풍부하게 들어간 가이세키 요리로, 탁자를 한가득 메운 수많은 요리들 중에는 닭새우 회와 가리비처럼 생긴 커다란 조개, 돼지고기 샤브샤브까지 있었다. 나는 혼자서 먹기에는 턱없이 많은 저녁밥을 쿄우카와 함께 나눠서 먹고 흡족하게 맛봤다.

"……후우. 저녁밥, 맛있었어. 쿄우카는 뭐가 마음에 들었어?"

"글쎄요……. 개인적으로는 닭새우일까요? 수족관에서 케이가 그걸로 장난을 친 바람에 인상이 별로 좋진 않았지만…… 달고 맛있었습니다. 다른 요리도, 나쁘지 않았어요."

"하하, 그거 다행이네. 이 여관을 고르길 잘 했어."

그리고 저녁을 다 먹은 뒤에는 쿄우카가 밖으로 나가지 못하는 이유도 있어서 객실에서 느긋하게 지냈다.

객실 안에서는 텔레비전을 보든가, 스마트폰을 갖고 노는 것 말고는 할 게 없었다. 그러나 결코 지루하지 않았다. 오히려 그 고요한 한때가 더할 나위 없이 행복한지라 섣불리 무언가를 하는 것보다 시간이 더 충실하게 느껴졌다.

"……."

쿄우카는 여전히 말수가 적었다. 그러나 좌식의자에 앉아 텔레비전을 보는 그녀의 입가는 부드럽게 풀어져 있었다. 나는 그녀 역시 나와 같은 마음이기를 간절히 바랐다.

"—실례합니다."

이윽고 21시가 가까워지자 여종업원이 이부자리를 깔아 주러 왔다. 쿄우카는 잠시 모습을 감춘 뒤 여종업원이 객실을 나간 뒤에 다시 모습을 드러냈다.

쿄우카가 바닥에 깔린 이부자리를 내려다보고서 물었다.

"벌써 자는 건가요, 케이?"

"아니, 아직은 잘 생각이 없어. 내일은 일찍 일어나고 싶으니 날이 바뀌기 전에는 잘 생각이긴 하지만."

"그렇군요."

내 말에 고개를 끄덕이고서 쿄우카가 방 안쪽으로 향했다. 창가 의자에 앉더니 허공에서 마법처럼 종이 한 장과 펜을 생성한 뒤에 무언가를 적기 시작했다.

"……뭐하는 거야?"

"오늘 자 보고서를 쓰고 있습니다."

"아아……. 이번 캠페인이 끝난 뒤에 정리해서 제출해야만 한댔지. 무슨 내용—."

"보면 안 됩니다.

나는 흥미를 생겨서 다가가서 쿄우카의 손 안을 들여다보려고 했다. 그러나 그녀가 종이를 뒤집고서 치뜬 눈으로 힐끗 째려봤다.

"사신계의 비밀 정보라서요. 케이는 혼자서 얌전히 텔레비전을 보든가, 스마트폰이라도 갖고 놀아요."

"예예. 미안하네요, 방해해서……."

쿄우카가 화를 내자 나는 사과하면서 물러났다. 그러고는 이불 위에서 책상다리로 앉고서 텔레비전을 보며 퍼즐 게임에 힘썼다. 낮 동안에 전철 안에서 쿄우카가 갱신한 하이 스코어를 도무지 뛰어넘을 수 없어서 나는 스마트폰을 내던졌다.

"아직도 너무 못하네요, 케이."

보고서를 다 썼는지 쿄우카가 나를 조롱하고서 스마트폰을 주웠다. 이불 위 내 옆에 툭 앉더니 보란 듯이 게임을 플레이하기 시작했다. 그리고.

"—예. 넘었어요, 신기록입니다."

"천재냐……."

"후훗."

쿄우카가 의기양양하게 웃었다. 평상시의 그 음산하고 부자연스러운 웃음이 아니라 꼬마가 젠체하는 것 같은 자연스러운 얼굴이었다.

"어떤가요? 졌죠?"

"……. 그래."

나는 한숨을 내뱉고서 의기양양해하는 쿄우카를 바라봤다.

인형처럼 무표정한 얼굴도 무서우면서 아름답지만, 이렇게 자연스러운 표정을 짓는 쿄우카는 정말로 귀엽고 미쳐버릴 만큼 매혹적이었다. 나는 마음속에서 터져버릴 것만 같은 그녀를 향한 마음을 필사적으로 억눌러야만 했다.

"내가 졌어. 여러 의미로……."

"여러 의미라뇨?"

"……글쎄?"

나는 쿄우카에게서 고개를 돌리며 얼버무리고는 이부자리 위에 드러누웠다.

역시나 숙박시설에서 단둘이서 지내는 상황은 정신건강상 좋지 않았다.

전에도 한 번, 쿄우카가 한밤중에 집을 찾아와 그대로 같은 방에서 하룻밤을 지낸 적이 있었다. 그러나 외박을 하니 분위기가 달라졌고, 쿄우카를 대하는 내 마음도 그때와 지금이 상당히 바뀌었다.

내가 쿄우카를 너무 의식하지 않도록 조용히 텔레비전을 보고 있으니 같은 이부자리에 앉아 있는 쿄우카가 물었다.

"케이. 내일 일정은, 벌써 정했나요?"

"뭐, 대강. 일단 아침에는 산책을 하면서 여유롭게 보낸 뒤에 유원지에나 갈까 생각했어. 마침 이 근처에 꽤 크고 인기가 많은 테마파크가 있다고 하거든. 참고로 유원지란……."

"아아, 유원지라면 지난번에 만화책으로 읽은 적이 있어서 알아요. 실은 내심 궁금했던지라 꼭 가고 싶네요."

"……결정됐네."

쿄우카가 가슴 앞에서 주먹을 쥐고서 몸을 내밀자 나는 웃었다.

뭔가 하루 만에 감정 표현이 상당히 풍부해진 것 같았다. 나는 그 변화를 흐뭇하게 여기면서 말했다.

"그럼 슬슬 자자. 내일은 새벽부터 일출을 보고, 아침 욕탕도 즐기고, 산책도 하고……. 하고 싶은 게 많으니까."

22시 반. 나는 보던 텔레비전 방송이 끝났을 때 그렇게 말하고서 몸을 일으켜 이불에 손을 댔다.

"덧붙이자면 불은 켜놔도 돼. 텔레비전도—."

"아뇨. 그럴 필요는 없어요."

내 말을 잘라내고서 쿄우카가 텔레비전을 껐다. 그러고는 그대로 불도 껐다.

"……오늘 밤은 저도 케이랑 함께 잘 거라서."

쿄우카가 내 옆에 앉더니 이부자리에 벌러덩 누웠다. 나는 "뭐?!" 하고 경악했지만, 그녀는 티끌만큼도 괘념치 않는다는 표정으로 태연하게 말했다.

"제가 불을 켜고 딴 짓을 하다가 케이의 잠을 방해하기라도 한다면 미안하니까요. 저도 오늘은 왠지 익숙지 않은 체험들을 많이 해서 정신이 조금 지쳤는지라……."

그녀는 펭귄 인형을 베개 대신 베고서 바로 눈을 감았다. 나는 이불에 손을 댄 채로 굳어버렸다.

"……케이. 안 자나요?"

"자, 자긴 잘 건데……."

설마 쿄우카와 같은 이부자리에서 자게 될 줄이야. 그녀에게 다른 뜻이 없음을 알면서도 몸이 저절로 긴장됐다.

"하아…… 나 참. 내 마음도 모르고."

나는 쿄우카에게서 등을 돌려 눕고서 이불을 덮었다. 그러고는 코끝을 간질이는 달콤한 향기와 자꾸만 느껴지는 쿄우카의 존재감에 심란해하며 눈꺼풀을 감았다.

"─케이."

멀리서 파도소리가 희미하게 들려오는 평온한 어둠 속.

쿄우카가 기어들어가는 목소리로 내 이름을 부르더니 몸을 살며시 가까이 붙였다. 내 심장이 부드럽게 뛰었다.

"오늘은, 아주 재밌었어요."

"……그래. 나도야."

대답한 순간, 가슴이 꽉 옥죄이는 것 같은 고통이 일었다. 분명 기분 탓이겠지. 나는 스스로를 속이듯 웃고서 힘차게 말을 이었다.

"앞으로 남은 이틀, 내일과 모레도…… 실컷 즐기자. 마지막까지 함께 웃을 수 있도록―."

2018년 4월 29일 보고서
하타노 케이 담당 사신 쿄우카

　오늘은 하루 휴가를 받아 대상자와 전철을 타고 멀리 나갔습니다. 행선지는 미에현 시마시 아고만에 있는 카시코지마라는 곳입니다.
　아침 8시부터 두 시간쯤 걸려 그 섬에 도착했습니다. 저는 대상자와 함께 여러 장소들을 돌아다니고, 다양한 대화를 나누고, 여러 『첫』 체험을 했습니다.
　수족관에서 하계 생물을 만지기도 하고, 대상자와 잡담을 나누면서 섬 안을 산책하기도 하고, 사신계에는 존재하지 않는 바다 풍경을 유람선에서 바라보기도 하고⋯⋯. 그것들은 대상자가 저에게 바란, 대상자의 소원이었습니다. 그 속에 제 뜻은 전혀 반영되지 않았습니다.
　왜냐면 저는 사신이며, 대상자의 목숨을 빼앗고서 그 영혼을 회수하는 것이 유일무이한 존재이유이니까요. 알고 있습니다. 알고 있지만⋯⋯ 그래도 자꾸만 생각이 납니다.
　대상자가 저와 함께하길 소원한 것처럼, 저 역시 대상자와 함께하고 싶습니다. 더 많은 곳들을 가고, 더 많은 이야기를 나누고, 더 많은 것들을 체험하고 싶습니다⋯⋯. 정신을 차려보니 대상자의 소원을 들어 줘야만 입장인 제 자신이 오히려 그것들을 바라고 있습니다.

Day 6

: 고백

"—약속이 다릅니다."

이튿날 11시 반. 내 이야기를 들은 순간, 유원지 내 레스토랑에서 기분 좋게 햄버거를 한입 가득 베어 문 쿄우카의 얼굴에서 표정이 싹 사라지더니 인형처럼 되돌아갔다.

그러고는 대단히 차가운 목소리로 질책했다.

"오늘도 하루 종일, 저와 함께 시간을 보내주겠다고 했죠? 그런데 왜…… 다른 사람과의 약속이 잡혀 있는 거죠, 케이?"

"미, 미안하다니까……."

나는 감자튀김을 집어 먹으면서, 찔릴 것만 같은 삼백안(三白眼)에서 시선을 돌리며 사과했다. 이 분위기에 어울리지 않는 활기차고 명랑한 음악이 생뚱맞게 울렸다.

"깜빡했어. 저녁 18시에 나고야역에서 만나기로 했어. 15시 반에는 여길 떠나야만 하지만, 그래도 아직 네 시간쯤 남았어. 그 정도면 충분히 즐길 수 있잖아. 그치?"

"……."

쿄우카가 미간을 짙게 찡그리고 입술을 삐죽 내밀며 뚱하게 침묵했다.

난생 처음으로 와본 유원지에 들뜨고, 처음 타는 제트코스터에 전율하면서도 흥분하고, 처음 접하는 인형옷 캐릭터들을 바라보며 흥을 냈던 모습들이 마치 거짓말 같았다.

발단은 불과 5분 전. 우리가 아침 9시 반부터 시마시 안에 있는 테마파크를 찾아 어트랙션을 몇 개 즐긴 뒤에 휴식

겸 이른 점심을 먹고 있었을 때였다. 내 스마트폰에 요시타니가 보낸 메시지가 들어왔다.

『어제는 죄송했습니다. 오늘 잘 부탁드려요, 선배!』

나는 그저께 그녀와 나눈 식사 약속을 떠올리고서 쿄우카에게 사과했다. 예정보다 조금 일찍 나서야할 것 같다―고. 그 결과가 바로 이랬다.

"요시타니 카스미 씨……."

메시지를 보낸 이를 확인하고서 쿄우카가 노골적으로 인상을 찌푸렸다.

"어제, 케이한테 전화를 걸었던 분이네요. 대학교 지인이라고 했던가요……. 케이는 그녀와 뭘 할 예정이죠?"

"……뭐냐니, 그냥 저녁만 먹을 건데."

"단둘이서?"

"뭐, 그렇지."

내가 수긍하자 쿄우카가 "흐으음" 하고 실눈을 뜨고는 의미심장한 표정을 지었다.

"……뭐야."

"딱히, 아무 것도 아니에요. 다만 케이는 그 요시타니 카스미 씨랑 식사를 하고 싶어서 저와의 약속을 헌신짝처럼 내던져 버렸구나, 하고 생각했을 뿐입니다. 케이는 절 그 정도 존재로밖에 여기지 않는다는 뜻이죠."

쿄우카가 퉁명스럽게 중얼거리고서 햄버거를 베어 먹었다. 한 번에 너무 많은 양을 먹은지라 뺨이 부풀어서 마치

삐친 것 같은 표정이었다. 아니, 실제로 삐쳤겠지만.

나는 기쁨과 약간의 성가심이 뒤섞인 심정으로 탄식하고서 쓴웃음을 지었다.

"쿄우카는, 의외로 질투심이 깊네."

"—예?"

쿄우카가 흐릿한 목소리로 대꾸하자 나는 말했다.

"착각은 하지 마. 내가 요시타니와의 약속을 우선하는 이유는 단지 선약이기 때문이야. 쿄우카가 소중하지 않다는 뜻이 아니고……."

"그럼 하나 묻도록 하죠."

쿄우카가 내 눈동자를 바라보고서 물었다.

"그 요시타니 카스미 씨와 저, 케이는 어느 쪽이 소중합니까?"

"쿄우카야."

즉답했다. 내가 요시타니와 마지막으로 한 번 만나기로 결심한 이유는 지난번에 미묘하게 작별했기에 죽기 전에 그 찝찝한 느낌을 불식시키고 싶다는 소심한 목적이었다. 그저 순수하게 함께 있고 싶은 쿄우카와는 존재감의 차이가 너무나도 크다.

"……흠. 그렇군요."

쿄우카가 눈을 내리깔았다. 굳었던 표정이 풀어진 것처럼 녹아내렸다.

"그 소리를 듣고서 제 마음에 껴있던 안개들이 다소 가셨습니다……. 뭐, 좋아요. 이번만은 용서해줄게요."

◇

그 뒤에 나는 무사히 기분을 푼 쿄우카와 15시 반까지 테마파크를 즐긴 뒤 여러 추억들이 담긴 미에현 시마시를 뒤로 했다.

그리고 약속한 18시, 5분 전—.

"아, 하타노 선배!"

내가 약속 장소인 나고야역, 사쿠라도오리 출구 쪽에 있는 금시계에 도착하자 이미 와있던 요시타니가 연휴에 북적거리는 인파들 속에서 먼저 나를 알아보고서 다가왔다.

"오랜만이에요! 잘 지내셨, 어요……?"

웃음이 활짝 번졌던 그녀의 얼굴에 이내 그늘이 드리워졌다. 그러고는 의아해하며 인상을 찌푸렸다. 그녀의 시선은 내 옆, 펭귄 인형을 안고 서있는 쿄우카에게로 쏠렸다.

"처음 뵙겠습니다. 요시타니 카스미 씨. 쿄우카입니다."

"—예? 에에엥?"

요시타니가 당혹한 나머지 어찌할 바를 모르고 나와 쿄우카를 자꾸 번갈아봤다.

"어, 어라? 서, 선배의…… 여자 친구? 왜 함께…….."

나는 뒤통수를 긁적이며 요시타니에게 사정을 말했다.

"미안해, 요시타니. 이 녀석이 자꾸만 네게 인사를 한 마디 해두고 싶다고 떼를 써서……. 인사하고서 바로 돌아갈 거지?"

"……예. 당신들 두 사람의 시간을 방해할 생각은 없으니 걱정하지 마시길. 단지 흥미가 조금 생겼을 뿐이에요. 케이의 학우가 어떤 분인지."

쿄우카가 그렇게 말하고서 요시타니의 정수리부터 발톱 끝까지 싹 훑어봤다. 가차 없는 그 시선에 요시타니가 몸을 배배 꼬았다.

"그, 그렇군요……, 그러셨어요?"

"예. 생각했던 것보다 귀여운 여성이라서 놀랐습니다. 의외예요."

그 말투는 미묘하게 무례했다. 요시타니는 어리둥절하여 제대로 반응하지 못하고 입을 다물었다. 나는 두통을 견뎌내듯 이마를 눌렀다.

"저기, 쿄우카. 너무 자극하는 거……."

"저도 놀랐어요."

내가 쿄우카를 나무라려는 순간. 요시타니가 활짝 웃고서 환한 목소리로 대꾸했다.

"설마 선배의 여자 친구 분이 이렇게 아름답다니……. 마치 인형 같네요. 무뚝뚝하고 차가운 분위기가 특히요. 선배의 취향이 저런 분일 줄은 몰라서 의외예요."

"……우."

요시타니도 약간 무례한 발언을 하자 쿄우카의 눈썹을 꿈

틀거렸다. 쿄우카와 요시타니 사이에서 불온한 공기가 감돌기 시작했다.

"저, 저기. 너희들……."

"아쉽지만."

내가 제지하려고 하자 쿄우카가 아랑곳 않고 요시타니를 힐끗 째려봤다. 그러고는 차가운 태도로 담담하게, 그러나 힘이 약간 실린 목소리로 쏘아붙였다.

"케이는 제가 당신보다 소중하다고 확실하게 말해 줬습니다."

"어……."

요시타니의 눈이 휘둥그레졌다. 뜬금없는 그 발언에 나는 당황했다.

"앗?! 이 바보야, 지금 무슨—."

"말했죠?"

분명 그렇게 말하긴 했지만, 지금 요시타니 앞에서 굳이 언급할 필요는 없겠지. 그러나 쿄우카는 멈추지 않았다. 펭귄 인형을 꼭 끌어안고서 말을 이었다.

"이 인형도, 케이가 어제 저랑 수족관에 가서 사줬고, 오늘은 아침부터 유원지에 다녀왔습니다. 같은 여관, 같은 방에서 숙박했고, 같은 이부자리에서 잤으며—."

"쿄, 쿄우카!"

나는 쿄우카의 입을 강제로 막았다. 요시타니가 아연실색했다.

서로 얼굴만 가볍게 익히게 할 셈이었건만 역시나 억지로
라도 돌려보냈어야 했다. 쿄우카의 질투를 가볍게 본 대가
였다.

　"그럼 전 실례하겠습니다."

　예기치 않은 그 폭로에 나는 질려버렸고 요시타니는 우두
커니 서있건만, 쿄우카는 전혀 아랑곳 않고 발걸음을 홱 돌
렸다. 그리고 떠날 즈음에—.

　"케이."

　"……뭐야?"

　"먼저 돌아가서 기다릴게요. 이따가 자취방에서."

　쿄우카가 그 말을 남기고서 금시계를 떠났다.

　요시타니가 "—자, 자취방? 거긴, 선배의……?" 하고 중
얼거리고서 당황했다. 최후의 최후까지 쿄우카가 쓸데없는
소리를 내뱉자 나는 한숨을 내뱉었다.

　더욱이 쿄우카는 인형을 들고 있기에 순간이동도 하지 못
한다. 전철을 타고서 잇샤에 있는 집까지 돌아가야 하지만,
표를 살 만한 돈을 이미 건네 뒀기에 별 문제는 없다.

　문제가 있다면 여기에 남겨진 우리겠지. 나는 쿄우카 때
문에 민망해진 분위기를 바꿔보려고 웃었다.

　"하하하. 어, 으음…… 왠지 여러모로 미안해, 요시타니?
쿄우카 녀석이……."

　"아, 아뇨! 하타노 선배가 사과할 필요는…… 아하하. 왠
지, 마, 말이 잘 안 나오네요……. 여친 분이 좀 별나네요?"

"······맞아. 이상한 녀석이야."

나는 요시타니의 말에 수긍하고서 또다시 탄식을 흘렸다. 쿄우카와 있으면 자극이 많아서 재밌긴 하지만, 조금 지치는 것도 부정할 수는 없었다.

그럼 점에서 좋은 의미로든, 나쁜 의미로든 평범한 여자애인 요시타니는 편안했다. 원래는 소극적인 이유로 맺은 약속이었지만, 이건 이것대로 기분전환을 할 만한 좋은 계기일지도 모르겠다.

나는 요시타니 쪽을 다시 바라보며 쿄우카에 관한 화제에서 벗어나고자 말했다.

"뭐, 일단 밥이나 먹으러 가자. 최근에 눈길이 좀 가는 가게가 생겼거든."

◇

"저녁밥, 굉장히 맛있었죠, 선배!"

저녁을 다 먹고서 가게를 나온 요시타니가 나를 돌아보며 웃었다. 밖은 완전히 캄캄해졌다. 극채색 가로등이 요시타니의 얼굴을 눈부시도록 비췄다.

나는 "맞아" 하고 미소로 화답하고서 사쿠라도오리 출구에서 도보 2분 거리에 있는 음식점 입간판을 쳐다봤다. 거기에는 녹진녹진하게 녹은 치즈와 매콤달콤한 양념으로 맛을 낸 닭고기와 야채를 같이 먹는 요리 사진이 실려 있었다.

"치즈 닭갈비. 저도 처음이었는데, 치즈랑 닭을 워낙 좋아해서 최고였어요. 근사한 가게를 예약해 줘서 고마워요, 하타노 선배!"

이렇게까지 솔직하게 기뻐해 주니 나도 덩달아 흐뭇해졌다.

그저께 내가 점찍어 뒀던 이 가게는 인터넷 평판도 좋고, 연휴 기간이기도 해서 만약을 위해 예약을 해뒀다.

(원래는 쿄우카랑 올 작정이었지만…… 뭐, 상관없나. 그녀석은 닭고기처럼 진하고 묵직한 음식은 별로 안 좋아하는 것 같으니. 나와 요시타니 모두 즐겼으니 결과적으로는 대성공이라고 봐야겠지.)

차분한 가게 안 개인실에서 맛있는 요리를 먹으면서 요시타니와 보냈던 시간은 생각보다 나쁘지 않았다. 내가 우려하던 분위기도, 지난번 같은 어색함도 없었다. 단순한 선후배— 사이좋은 친구로서 방송 이야기나 서로의 개인사, 고등학교 시절 추억 등 뭐든지 떠들었다.

그 고백 때문에 한번 잃어버릴 뻔했기에 나에게는 귀중한 이성 지인인 요시타니와의 『평범』한 한때가 지금은 몹시도 감개무량했다.

시간이 순식간에 지나가서 정신을 차려보니 21시가 다 되어갔다. 꽤 오랫동안 수다를 떨었지만, 그래도 아직 부족했다. 아쉬움을 느낄 정도로.

그래서—.

"……저기, 하타노 선배. 모처럼 만났으니 어디 좀 들렀다 가지 않으실래요?"

나고야역으로 가던 도중에 요시타니가 말을 꺼냈다. 나는 내심 살짝 기뻤다.

(으~음. 옆길로 샌다라……?)

나고야역에서 잇샤에 있는 자취방까지는 이동시간을 포함하여 30분쯤 걸린다.

오늘밤에는 쿄우카가 21시 15분부터 날짜가 바뀔 때까지 영혼 회수 작업으로 꽉 차있다고 했으니 지금 돌아가 봤자 한동안 혼자서 시간을 때워야하는 신세였다.

그렇다면 이대로 마지막으로 요시타니와 어딜 들르는 것도 나쁘지는 않겠다. 권유를 거절했다가 기껏 친밀해진 분위기를 망치는 건 싫기도 하고, 지금껏 괴로움만 안겨줬기에 그녀를 최대한 기쁘게 해주고 싶었다.

"글쎄. 뭐, 너무 늦어지지만 않으면 상관없는데. 어딜 가려고?"

"비밀이에요."

"비밀이라니……."

내가 미간을 찡그리자 요시타니가 "아하하" 하고 명랑하게 웃었다.

"괜찮아요. 수상한 곳은 아닌데요? 그냥 늘 쿨한 선배를 놀래주고 싶어서요. 힌트는『미들랜드 스퀘어』예요."

그러고는 한쪽 눈을 찡끗 감아보였다.

미들랜드 스퀘어는 나고야역 앞에 있는 고층 빌딩으로,

다양한 상점과 레스토랑이 입점한 복합 상업 시설이다. 전체적으로 성인 취향에 맞는 고급스러움을 추구하기에 나 같은 자취하는 가난한 대학생에게는 금전적으로 버거운 가게들이 많은지라 별로 익숙하지 않은 곳이다.

"어디야. 영화관?"

"후후후. 가보면 알게 될 테니 기대하세요."

내가 묻자 요시타니가 짓궂게 웃고서 발걸음을 빨리했다. 나는 약간의 불안감(주로 금전적)을 안고서 그녀의 뒤를 따라가려고─.

불현듯 웬 시선이 느껴졌다. 뒤를 돌아봤지만 이쪽을 특별히 주시하는 사람이나 수상쩍은 사람도 없었다. 나는 "……또야" 하고 한숨을 내뱉었다.

정체 모를 시선과 인기척을 매일 느끼니 공포를 넘어서 이제 지긋지긋할 지경이었다. 대체 이게 뭔가 싶어서 짜증스러웠다.

죽음을 앞두고서 여러 가지가 과민해졌는지도 모르겠지만, 만약에 요 며칠 동안에 나를 계속 따라다닌 녀석이 정말로 있다면 얼른 나와 줬으면 좋겠다.

기껏 얼마 남지 않은 인생을 열심히 즐기려고 하는데…….

"─하타노 선배?"

"아아, 미안……. 미들랜드 스퀘어가 어느 쪽이더라? 평소에 거의 가질 않으니 기억이 애매하네."

나는 요시타니에게 대답하고서 방금 전에 느꼈던 시선을

머릿속에서 쫓아낸 뒤 그녀와 보내는 마지막 시간으로 의식
을 되돌렸다.

◇

　사방이 유리로 둘러싸인 엘리베이터를 타고서 땅거미가
진 시내에 휘황찬란하게 우뚝 솟은 센트럴 타워즈를 바라
보면서 미들랜드 스퀘어를 1층부터 42층까지 단숨에 올라
갔다.

　무지개색으로 빛나는 근미래적인 디자인의 터널을 지나
로비에서 티켓을 구입했다. 그러고는 에스컬레이터를 타
고서 더 위로 올라갔다. 그렇게 도착한 46층에는 나고야역
주변 야경을 한눈에 둘러볼 수 있는 전망대가 조성되어 있
었다.

　"우와…… 미들랜드 스퀘어 꼭대기층에 이런 데가 다 있
었구나."

　"예. 실은 저도 최근에 알았어요. 그 후로 줄곧 가고 싶었
지만 기회가 없어서……. 선배, 굉장히 근사한 곳이네요.
저 야경 좀 보세요!"

　요시타니가 환성을 내지르며 벽 한 면을 가득 메운 유리
창 쪽으로 달려갔다.

　공중산책로—『스카이 프롬나드』라 명명된 전망대는 44
층에서 46층, 빌딩 3개 층에 해당하는 광대한 공간에 만들

어졌다. 모든 면이 유리로 되어 있다.

현재 우리가 서있는 46층 부분에는 거대한 창으로 둘러싸인 실내를 빙 두르듯이 난간이 달린 회랑이 설치되어 있었다. 그 회랑을 돌아다니며 야경을 감상할 수 있는 구조였다.

무엇보다 놀란 점은 천장이 없다는 것이었다. 전망대는 44층부터 전체가 뻥 뚫려 있어서 머리위에는 아득한 별하늘이 펼쳐져 있었다.

개방감은 훌륭했지만, 불어오는 바람은 이 계절에도 쌀쌀해서 나는 외투 주머니에 손을 찔러 넣으며 유리창에 다가가 요시타니의 옆에 섰다.

"아름답네……."

나는 심플한 감상을 중얼거렸다.

『보석을 흩뿌린 것 같다』는 표현은 야경의 아름다움을 표현할 때 자주 쓰는 비유인데, 그야말로 그 말이 딱 맞는 듯했다.

어둠 속에서 다양한 빛깔로 빛나는 빌딩들 사이로 도로가 뻗어 있고, 엄청난 숫자의 차량들이 그 위를 오가고 있다. 마치 빛의 강이 흐르는 것처럼 꾸물꾸물거리고 있다.

우리는 조용히 남쪽에서 동쪽, 동쪽에서 북쪽으로. 산책로를 천천히 걸으면서 아래에 펼쳐진 밤의 도심을 넋을 잃고 쳐다봤다.

"앗, 선배. 사카에 텔레비전 탑이에요! 저렇게 작다니……. 붉게 물든 저 도로는 히로코지도오리일까요? 아,

아름다워……."

창문에 면한 난간 밖으로 몸을 내밀면서 요시타니가 황홀하게 말했다.

조명을 제한한 어둑한 공간을 파란 빛으로 채색한 환상적인 전망대는 수족관을 방불케 했다. 내 머릿속에서 쿄우카가 자연스레 떠올랐다.

내가 요시타니와 이런 곳에 온 걸 안다면 쿄우카는 질투하고 화낼까─. 질투해 주면 기쁠 것 같았다.

(내가 그 녀석이랑 만난 지 엿새……, 아직 엿새밖에 안 됐나.)

농밀한 엿새였다. 지금껏 보내온 인생이 졸졸 흘러가는 무미무취한 맹물이라면, 요 며칠은 꿀이었다. 끈적끈적하고 묵직하고 가슴이 쓰릴 정도로 달콤한 나날.

그 시간은 지금껏 맛본 적이 없어서 낯설기에 고뇌와 번민, 간지러운 기분에 자주 휩싸였던 듯싶었다. 그러나 이렇듯 돌아보니 즐겁고 충실한 나날이었다.

지금껏 나는 꿈도 목표도 없이 그저 시간을 멍하니 소비해 왔기에 『죽음』은 난생 처음으로 명확하게 주어진 인생의 골─ 그렇기에 하다못해 큰 후회가 남지 않도록 열심히 달리자고 의욕을 불태웠겠지.

그 결과, 내 마음속에서 일찍이 느꼈던 적이 없었던 강한 마음이 싹터서 더할 나위 없이 행복했다. 내 인생은 얼마 남지 않았지만 애당초 죽음을 선고받지 않았더라면, 그리고 사신인 그녀와 만나지 않았더라면 내 마음이 이토록 충족되는 건 평생 불가능했겠지.

유리창 너머에 펼쳐진 야경을 바라보면서 내가 그렇게 느꼈을 때, 불현듯 유독 강한 바람이 불어왔다.

"—아름답네요, 케이."

바로 근처에서 쿄우카의 목소리가 바람에 실려 온 듯했다. 무심코 오른쪽을 봤지만 당연히 아무도 없었다. 내 왼쪽에서 요시타니가 말을 걸어왔다.

"선배. 아래에도 내려가 볼까요? 앉을 만한 곳이 있는 것 같은데요?"

"아, 그래……."

나는 주변을 둘러보면서 요시타니를 따라 경사로 옆에 난 계단을 내려가 아래층으로 이동했다. 그 널찍한 공간에서 눈에 띄는 사물은 벤치 정도였다. 회랑 아래에 마련된 좌석에서 야경을 감상할 수 있도록 되어 있었다.

지금은 한창 연휴 중이지만 야외가 쌀쌀해서인지 전망대가 그리 혼잡하지 않았다. 나와 요시타니는 비어 있는 차가운 금속 벤치에 나란히 앉았다. 눈앞에 펼쳐진 아름다운 야경을 바라보면서 저녁식사 때처럼 기탄없이 잡담을 나눴다.

"……. 하타노 선배."

대화가 끊어지고 10초쯤 침묵이 내려앉았다. 내가 야경을 보면서 다음 화젯거리를 찾고 있으니 요시타니가 불렀다.

그러나 말이 이어지지 않았다. 무슨 일인가 싶어서 내가 왼쪽으로 고개를 돌린— 그 순간이었다.

요시타니의 입술이 거리를 좁히더니 내 입술에 포개졌다.

"……어?!"

시간이 멈춘 듯했다. 머릿속이 새하얘져서 아무 것도 생각할 수 없는 상태에 빠졌다.

내가 눈이 휘둥그레진 채로 굳어버리자 요시타니가 자기 입술을 강하게 밀어붙였다. 그것만으로는 성이 차지 않았는지 혀까지 집어넣었다.

"음, 후우……."

요시타니가 내 뒤통수와 허리에 손을 둘러 고정한 뒤 요염한 숨결을 내뱉었다. 욕망에 몸을 맡긴 채로, 연체동물을 연상케 하는 따뜻하고 부드러운 혀로 내 입술과 입속을 탐하듯 핥았다. 이윽고.

"—푸하."

요시타니의 혀가 밖으로 빠져나가고 입술이 떨어졌다. 그녀가 넋을 잃은 듯 내 몸에 매달렸다.

"……하, 아하하하하……."

그녀가 힘없이 웃기 시작했다. 그러고는 내 귓가에 대고 흐리멍덩한 목소리로 중얼거렸다.

"……저질렀어."

"요, 요시타니—."

"있죠. 이건, 선배 잘못이거든요?"

내 귀에 뜨거운 숨결을 토해내며 요시타니가 신음하듯 속삭였다.

"전 포기할 생각이었는데. 이제 선배를 더는 곤란하게 하지 말자고, 비 내리던 그날의 추억을 마지막으로 간직하고서 무난한 관계로 깔끔하게 물러서자고…… 그렇게 결심했는데. 선배가 그렇게 다정한 메시지를 보낸 바람에— 내 마음이 흔들려 버렸잖아요."

요시타니가 녹아내리듯 달콤한 목소리로 나를 책망하고서 팔에 힘을 꾹 줬다.

그 목소리처럼 달콤한 비누향이 점점 짙어졌다. 하얀 니트를 입은 요시타니의 부드러운 몸이 한층 더 밀착됐다. 내 입술에는 아직도 그녀의 감촉이 새겨져 있었다.

요시타니가 그 마음에 응해줄 수 없는 나를 세게 끌어안았다.

"좋아해요, 선배! 하타노 선배……."

그리고 세 번째로 속마음을 토로했다.

요시타니가 지금 어떤 표정인지는 잘 모르겠다. 그러나 달콤했던 느낌은 온데간데없이 위태로움이 서린 그 쉰 목소리가 몹시 침통하고 절박하게 들렸다.

"포기하지 않으면 얼마나 민폐를 끼칠지도, 얼마나 미움을 살지도, 모두가 상처만 받는 결과가 닥쳐올 걸 알면서도 전 선배를 좋아해요! 사랑해요! 그러니까 선배……. 부탁이에요, 하타노 선배."

요시타니가 팔에 힘을 더 주어 내 몸에 매달렸다. 그녀의 두 눈에서 넘쳐흐르는 따뜻한 눈물이 내 뺨을 따라 옆에 뚝 뚝 떨어지고는 싸늘하게 말라갔다.

그러나 격렬하게 타오르는 것 같은 요시타니의 광열(狂熱)은 식지 않았다. 내 몸을 아플 정도로 얽매고서는 체면도 모두 내다버리고서 자신의 바람을 절절히 호소했다.

"제 마음에, 응해주세요. 제발—."

"미안."

"······으?!"

내가 사과한 순간, 요시타니가 몸을 흠칫 떨었다. 팔에 실렸던 힘도 약해졌다. 나는 요시타니를 부드럽게 떼어놓고서 애처롭게 우는 얼굴을 똑바로 응시했다.

"—그럴 수가 없어."

나는 그녀를 밀어냈다. 죄책감에 가슴이 아프지만 꾹 참았다.

요시타니의 마음이 이토록 다친 것은 내 어중간한 마음과 배려가 원인이다. 내 딴에는 요시타니가 크게 아파하지 않도록, 나 때문에 입은 상처가 조금이나마 치유되도록 취한 행동이었다. 그러나 실은 나는 그녀에게 상처를 줌으로써 제 자신이 상처를 받는 걸 두려워했을 뿐인지도 모르겠다.

그에 비해 요시타니는 자신이 얼마나 다치든 상관없다는 강한 각오로 그 마음을 나에게 부딪쳤다. 그렇기에.

"내게는 좋아하는 녀석이 있어. 그 녀석을 잘라내고서 요시타니의 마음에 응해줄 수는 없어. 설령 네가 그 마음을 몇 번이나 전하든 그 녀석이⋯⋯, 쿄우카가 있는 한 내 대답은 변함없을 거야, 요시타니."

나는 요시타니의 눈을 똑바로 보고서 단호히 말했다.

눈물에 화장이 번진 요시타니의 눈 밑이 많이 어두웠다. 이렇게 가까이서 새삼스럽게 보니 상당히 야윈 것 같았다. 만약에 나 때문에 초췌해진 거라면 마음이 아프겠지만―, 나는 그 고통을 감수해야만 했다.

"서, 선배⋯⋯."

내가 확실하게 거절하자 요시타니가 고개를 푹 떨궜다. 침묵이 한동안 흐르다가 그녀의 입에서 말이 툭 새어나왔다.

"⋯⋯. 그래도―."

요시타니가 고개를 들고서 나를 쳐다봤다.

눈물이 글썽거리는 갈색 눈동자에는 슬픔과 절망이 번졌다. 그러나 그 동공에 깃든 빛은 조금도 흔들리지 않고 활활 빛나고 있었다.

"전, 상관없어요. 선배한테 좋아하는 사람이 있더라도, 제 쪽으로 절대로 돌아보지 않을지라도 선배를 계속 좋아하고 싶다고 한다면⋯⋯ 선배는, 어떡할래요?"

"음⋯⋯."

나를 향한 요시타니의 그 마음은 솔직히 예상 밖이라서 무서울 정도였다.

무엇이 요시타니를 이토록 몰아세웠을까? 나는 얄팍하고 텅 빈 인간이건만 대체 무엇에 이끌린 걸까? 나는 전혀 모르겠다. 딱 하나 확실히 아는 것은 그녀가 이대로 나를 계속 연모해 본들 행복한 미래는 찾아오지 않는다는 사실이었다.

왜냐면, 나는—.

"……요시타니. 나 말이야, 곧 죽어."

"예?"

내 입에서 믿기지 않는 말이 나오자 요시타니가 얼이 빠진 소리를 흘렸다. 당연한 반응이다. 밑도 끝도 없이 갑자기 『죽는다』고 말해 본들 농담으로밖에 안 들리겠지. 그러나 요시타니는 당혹하면서도 심각한 표정으로 물었다.

"주, 죽는다뇨…… 어? 왜, 왜요? 뭔가, 무슨 병 때문인가요……."

나는 "그래" 하고 수긍하고서 요시타니에게서 고개를 돌렸다. 나는 야경을 바라보면서 지금껏 숨겨왔던 것을 담담히 밝혔다. 물론 사신이니 뭐니 하는 미심쩍은 이야기는 덮어뒀지만.

"그런 모양이야. 실은 요시타니가 처음으로 고백해 줬을 때 이미 죽는 걸 알았기에 거절했던 거야. 내가 그 자리에서 수락하여 요시타니와 사귀어 본들 어차피 곧 사별할 테니까……. 널 공연히 슬프게 하는 결말이 뻔히 보여서."

"거, 거짓말……. 말도 안 돼……. 하타노 선배가……. 거짓말……."

요시타니가 경악했다. 감정의 동요가 전해졌다. 나는 한숨을 깊이 내뱉었다.

"거짓말도, 농담도 아냐. 미안해, 요시타니. 어차피 믿어주지 않겠거니 넘겨짚지 말고 더 일찍 밝혔어야 했어. 내게 연인이 있음을 안다면 순순히 포기해 주리라 여겼어. 요시타니가 품은 마음의 깊이를 얕잡아 봤어."

"어?! 선배, 설마……."

"—미안."

나는 요시타니의 말을 끊듯 사과했다. 딱딱해서 앉아있기 불편한 벤치에서 일어서서는 그녀를 내려다봤다.

눈이 휘둥그레져서는 아무 말도 못하는 요시타니에게 나는 냉정하게 내뱉었다.

"……이제 두 번 다시 상관하지 말아줘. 그렇게 해주면 나도, 요시타니도 분명 가장 행복한 미래를 맞이할 수 있을 거야."

나는 곧장 요시타니 곁을 떠났다. 그녀가 다급하게 일어서서 외쳤다.

"하타노 선배! 자, 잠깐만요! 제발, 서요! 난—."

나는 개의치 않고 속도를 더욱 높여서 요시타니에게 따라잡히기 전에 전망대를 떠났다. 처음부터, 더 일찍 이렇게 했어야만 했다고 후회하면서.

◇

요시타니에게 일방적으로 작별을 고하고서 전망대를 떠

난 뒤. 나는 그대로 나고야역을 나왔다. 아까 전에 내려다 봤던 밤거리로 나가서 적당한 카페에서 마음을 진정시킨 뒤 집이 있는 동쪽 사카에 방면으로 걸었다.

나고야역에서 자취방 인근 역인 잇샤역까지는 지하철 히가시야마선으로 열한 정거장, 전철을 타면 30분도 걸리지 않고, 도보로 이동하더라도 대로를 따라 나아가면 두 시간 반 정도면 도착할 수 있다.

감정의 응어리를 털어내기에는 딱 알맞은 거리인 듯싶어 서 나는 전철을 타지 않고 걸어서 돌아가기로 했다. 차량들 이 새빨간 후미등 불빛을 꼬리처럼 질질 끌면서 오가는 현 도 16호선을 밤바람을 맞으며 천천히 걸어 나가는 동안에 요시타니를 생각했다.

어디서부터 잘못된 건지 스스로에게 물었다.

내가 요시타니에게 메시지를 보내고, 조금이라도 관계를 수복하고자 다시 만날 약속을 했을 때인가? 아니면 사흘 전 비 내리던 날에 요시타니의 권유를 거절하지 못하고 함께 식사를 했을 때? 혹은―.

『―좋아해요, 선배.』

지금은 이제 상당한 옛날처럼 느껴지는 닷새 전에 요시타 니가 처음으로 나에게 속마음을 전했을 때? 내가 만약에 그 고백에 응했다면 어떻게 됐을지 생각했다.

나는 요시타니와 연인 사이가 되어 7일이라는 짧은 여생 을 그녀와 둘이서 달콤하게 보냈을지도 모르겠다. 막 사귄 연인이 뜬금없이 『곧 죽는다』라고 고백하면 평범한 사람은 질색하거나, 너무 무거워서 당장 이별을 고했을 것이다. 그러나 요시타니라면 절망하고 슬퍼하면서도 현실을 받아들이고서 내가 죽기 전까지 상냥하게 곁에 있어줬을 것 같다.

내가 쿄우카와 그러했듯이 둘이서 쇼핑하러 나가고, 맛있는 음식을 먹고, 방에서 느긋하게 보내고, 추억을 쌓고자 여행을 떠난다.

그 추억 속에 쿄우카의 모습은 없다. 그녀는 그저 사신으로서 최후의 순간에 다시 우리 앞에 나타나 무자비하게 목숨을 거둬갈 뿐이다. 요시타니는 오열하면서 연인인 나와의 이별을 비통해하겠지.

그리고 그때 아마도 나는ㅡ.

(……그렇게까지, 슬퍼할 것 같지는 않은데.)

내 머릿속에서 그려진 요시타니와의 나날은 조용하고 평온했지만, 동시에 어딘가 지루했다. 왜냐면 설령 연인 사이가 되더라도 내가 요시타니를 진심으로 좋아하거나, 사랑에 빠질 리가 없기 때문이다. 적어도 상상이 되지 않는다.

요시타니와 보내는 시간은 나름 즐겁고 행복할지도 모르겠지만ㅡ 쿄우카와 만나고, 그녀를 향한 내 마음을 깨달은 지금은 부족한 느낌이 들었다.

요시타니와 보내는 최후의 7일은 내가 지금껏 살아왔던 19년과 별반 다르지 않는 나날이겠지.

그 시간 속에서 무언가 특별한 가치를 찾아내거나, 살고 싶다는 집착이 생길 것 같지도 않았다. 그러므로.

"미안, 요시타니……."

요시타니가 걸었을 부재중 전화와 메시지를 알리는 알림이 대량으로 쌓인 스마트폰을 내려다보며 사과했다. 나는 메시지 내용을 확인도 하지 않고—.

"그럼 안녕히."

스마트폰 전원을 꺼서 바지 주머니에 집어넣은 뒤 요시타니와 함께 내려다봤던 나고야 거리를 홀로 조용히 걸어 나갔다.

2018년 4월 30일 보고서

하타노 케이 담당 사진 쿄우카

　오늘도 어제에 이어 대상자와 시간을 함께 보냈습니다. 더욱이 어젯밤에는 카시코지마에 있는 여관에서 숙박했기에 줄곧 함께였습니다. 아침에 우리는 방 안에서 느긋하게 보낸 뒤에 산책을 하고, 아침밥을 먹고, 유원지에 갔습니다.

　그리고 오늘은 그대로 제 업무 예정 시각인 밤까지 하루 종일 유원지를 만끽—하려고 했으나 도중에 대상자가 느닷없이 다른 약속이 있다고 밝히는 바람에 오후에는 유원지를 떠나 나고야로 돌아가야만 했습니다.

　저는 나고야역에서 대상자와 헤어져 대상자의 집으로 돌아가 빈집을 지키다가 21시부터 영혼 회수 작업에 들어갔습니다.

　저는 틈틈이 대상자를 방해하지 않도록 영체화하여 여성 지인과 시간을 보내는 광경을 은밀히 감시했습니다만……이 보고서에 특별히 쓸 만한 내용은 없었던 것 같았습니다.

　참고 : 우리 사신들에게도 감정이 있는 건가요? 만약에 있다면 대체 왜 있을까요……. 그것은 본디 불필요하건만.

Day 7

: 최후의 첫사랑

"—케이."

현도를 동쪽으로 계속 걸은 지 얼마간 지났을 때였다.

묵묵히 다리를 놀리고 있으니 등 뒤에서 도심의 소음에 묻혀버릴 것만 같은 가냘픈 목소리가 들렸다. 나는 발걸음을 멈추고서 돌아봤다.

검은 긴머리에 창백한 피부, 어둠에 녹아들 것 같은 칠흑 원피스를 입은 사신소녀가 인형처럼 무표정한 얼굴로 유리 같은 눈동자로 나를 쳐다보며 도롯가에 세워진 녹슨 펜스 옆에 서 있었다.

"쿄우카……."

"안녕. 지금 귀가하는 중인가요?"

쿄우카가 물으면서 다가왔다. 나는 "어" 하고 고개를 끄덕이며 대답했다.

"전철비를 아끼고, 기분도 전환할 겸해서 걸어서 돌아가는 길이야……. 쿄우카, 일은?"

"다 끝냈습니다. 참고로 최종일이라서 다른 일정은 전혀 없습니다."

"……최종일? 아아, 벌써 날짜가 바뀌었어?"

스마트폰 전원을 끈 바람에 미처 몰랐는데, 어느새 내가 목숨을 잃는 그날이 찾아온 모양이다.

"저기, 쿄우카. 내가 몇 시 몇 분 몇 초에 죽는다고 했지?"

"오늘 밤, 22시 50분 38초입니다."

"우와, 이제 24시간도 안 남았어……. 큰일 났네. 뭐 안달해 봤자 소용없으니 이대로 천천히 돌아갈까. 딴 짓이나 하면서 말이야."

"죽음의 순간이 시시각각 닥쳐오는데도 태평하네요……. 귀중한 시간을 그저 이동하는 데 소비해도 괜찮나요?"

"바보. 단순한 이동이 아냐."

쿄우카가 어이없어하자 나는 미소를 짓고서 그녀의 손을 슬며시 잡았다. 이 차갑고 부드러운 손이 오늘 내 목숨을 빼앗는다. 그런 생각이 들었지만 전혀 무섭지 않았다.

"나 혼자서는 단순한 이동이지만, 곁에 쿄우카가 있어 준다면. 내게는 그 역시 충분히 특별한 시간이야."

"……그런가요."

내 말을 들은 순간, 무뚝뚝하게 다물어져 있던 쿄우카의 입가가 풀렸다. 맞잡은 손에 힘이 들어가니 서로의 열기가 한데 뒤섞이듯 사르르 퍼져나갔다.

내 가슴속에도 따뜻한 무언가가 넘쳐흘렀다. 나는 쿄우카를 쳐다보며 미소 지었다.

"오늘은 최후의 최후, 내가 죽는 그 순간까지 함께 있자. 웃으면서 최후를 보낼 수 있도록 최고의 날로 만들고 싶어."

그러나 쿄우카는—.

"……예."

다시 진지해진 표정으로 수긍하고서 고개를 푹 떨궜다.

"그렇군요. 당신이 후련하게 죽어주는 것이 지금 캠페인을 실시한 목적이자 우리 사신한테 부여된 『사명』이니까요.

당신의 담당 사신으로서 최선을 다하도록 할게요."

그녀가 얼굴을 으스스하게 콱 일그러뜨리며 웃었다. 지어낸 웃음임이 뻔히 보였지만, 나는 구태여 말하지 않고 그녀의 손을 잡아당겼다. 그리고 그녀와 어깨를 나란히 하고서 다시 천천히 걸어 나갔다.

◇

한밤중 고요한 주택가 구석에 있는 스산한 공원.

나는 벤치에 앉아 멍하니 있는 쿄우카의 뺨에 근처 자판기에서 뽑은 코코아 캔을 가볍게 댔다.

"……케이. 뜨거워요."

"반응이 담담하네."

쿄우카가 곁눈으로 째려보자 나는 쓴웃음을 지으며 핫코코아를 건넸다. 그러고는 따뜻한 블랙커피 캔을 만지작거리면서 그녀의 옆에 앉았다.

캔 마개를 따고서 졸음을 깨워주는 씁쓸한 액체를 한 모금 들이켠 뒤 물었다.

"어제 나랑 헤어지고서 무슨 일 있었어?"

코코아 캔을 따지 않고 쥐기만 한 채로 쿄우카가 나를 힐끗 쳐다봤다.

"……왜, 그렇게 생각하나요?"

"뭐, 그냥. 기운이 없어보여서."

합류하고서 30분 정도, 나는 쿄우카와 오늘 일정을 의논하면서 대로를 걸어왔다. 그런데 최근에 좋아진 쿄우카의 반응이 몹시 싱거웠다. 왠지 건성으로 마음에도 없는 대답만 하는 듯했다.

그 모습이 마치 처음 만났을 적으로 되돌아간 것 같아서 나는 마음에 걸렸다. 그래서 나고야역에서 일곱 번째 역―카쿠오우잔을 지났을 즈음에 현도에서 샛길로 빠져나가 인적이 없는 조용한 곳에서 그 이유를 물어보기로 했다.

쿄우카는 한동안 망설이듯 침묵하며 내가 준 코코아 캔을 쳐다봤다. 그러나 이윽고 연약한 목소리로 불쑥 중얼거렸다.

"봐버렸어요. 케이가 요시타니 카스미 씨랑 도심이 내려다보이는 건물 꼭대기에서…… 입술을 겹치는 장면을."

"……그랬구나."

야경을 한창 바라보던 중에 있을 리가 없는 쿄우카의 목소리를 들었을 때, 그리고 재회한 그녀의 모습이 이상하다는 걸 눈치챘을 때, 왠지 예감은 했다.

"영체화하여 모습을 감추고서 남몰래 옆에 있었구나."

"아, 예. 미안해요."

쿄우카가 의기소침하며 몸을 움츠리자 나는 "아냐" 하고 고개를 가로젓고서 커피를 마셨다. 뜨거운 쓴맛이 혀를 자극하자 찝찝함이나 회한 같은 쓴맛과 비슷한 감정이 가슴에 번졌다.

"……나야말로, 미안해. 불쾌하게 했네. 내가 쿄우카랑 요시타니를 어중간한 태도로 대해서……. 이제 두 번 다시, 그러지 않을게. 널 슬프게 하거나, 괴롭게 하지 않을 테니―."

"무리입니다."

쿄우카가 내 말을 끊어내듯 내뱉고서 얼굴을 일그러뜨렸다. 인형 같은 그녀의 미모를 어그러뜨린 것은 깊은 슬픔, 그리고―.

"무리예요, 케이……."

―절망이었다.

"……쿄우카?"

"처음에 『이변』을 느낀 때는 지난번에 케이가 수족관에서 제게 『확실히 죽여 달라』라고 부탁했을 때였어요."

당혹하는 나를 보지 않고 쿄우카가 신음하듯 말했다.

"그 부탁을 들은 순간, 제 가슴에 묵직한 통증이 일어나서, 지금껏 느꼈던 즐거움이 쪼그라들 듯 약해졌어요."

쿄우카가 오른손으로 왼쪽 가슴, 심장 부근을 눌렀다.

"왜 이럴까 싶긴 했지만, 통증이 금세 가셔서 괘념치 않고 케이와의 시간을 즐겼습니다. 하지만 그 후에…… 케이와 함께 자면서 불현듯 미래를 떠올린 순간, 가슴이 옥죄는 것 같은 통증을 또 느꼈어요. 그 통증도 머지않아 가라앉았지만, 이후에도 그 통증은 가슴속에서 종종 도졌고, 케이와 함께 지내면서 편안함을 느끼지 못하도록 방해했습니다. 게다가 그 통증은 어째선지 제 가슴이 채워지면 질수록 더 강해지고 고통스러워요. 지금도―."

쿄우카가 가슴에 댄 손에 힘을 주고는 비통에 겨워하며 얼굴을 찡그렸다. 끝내 참지 못하고 고개를 푹 떨구자 흑발이 장막처럼 드리워져 그 표정을 감췄다.

"가슴이 아픕니다. 괴로워요, 케이……. 케이랑 함께하면 편안하고 즐거운데도 어째서…… 어째서 전 이런 고통을 느껴야만 하는 거죠?"

"쿄우카……."

쿄우카의 통증이 전해진 것처럼 내 가슴이 약간 욱신거렸다. 알루미늄 캔을 꽉 쥐고서 당장에라도 그녀를 끌어안고 싶은 충동을 억눌렀다.

"케이가 요시타니 카스미 씨랑 즐거워하는 모습과 나란히 야경을 바라보는 모습, 서로 입술을 포개는 순간을 봤을 때 느꼈던 가슴이 술렁이는 것 같은 불쾌함과는 또 달라요."

"아니, 쿄우카. 그건 말이야—."

"알아요. 입술은, 케이가 원해서 겹친 게 아니죠. 그 정도쯤은 옆에서 봐도 훤히 알 수 있어요."

내가 변명하려고 하자 쿄우카가 실웃음을 키득 흘린 것 같았다.

"게다가 케이는 그때 요시타니 카스미 씨 앞에서 절 확실히 선택해 줬으니까. 그녀 때문에 충격을 받긴 했지만, 실은 크게 개의치는 않아요. 다만—."

쿄우카의 목소리가 무겁게 가라앉았다. 이제부터가 본론인가.

"……그 후에. 전 혼자서 떠나버린 케이가 마음에 걸렸지만, 업무 시간이 임박해서 일단 나고야역을 떠나 평소처럼 망자의 영혼을 회수하고자 현 내 병원으로 이동했어요. 사신 수첩에 기재된 절명 시기는 22시 59분 53초. 대상자는 케이와 딱 비슷한 또래의 남성으로 사인은 병이었어요. 침대 위에 누워 당장에라도 숨이 끊어질 것 같았죠. 그리고 남성의 옆에는— 죽어가는 남성의 손을 꼭 잡고서 통곡하는 젊은 여성 분이 있었어요. 여성은 남성의 이름을 연거푸 부르며 말을 걸었지만, 눈꺼풀을 감은 남성은 응하지 않았습니다. 시각이 22시 59분을 지나 정해진 죽음의 순간이 시시각각 다가왔습니다."

죽음을 맞이하는 남성과 여성은 연인 사이였을까? 쿄우카의 이야기를 들으면서 내 머릿속에서 새하얀 병실 풍경이 그려졌다.

그곳에 서있는 검은 소녀, 사랑하는 남성의 영혼을 빼앗아가는 사신의 존재를 여성은 알 턱이 없었다.

"그건, 제가 지금껏 셀 수 없을 만큼 입회하고 목도해온 『최후』였어요. 음울하고 어두컴컴하고 절망적이고 슬픔으로 가득한…… 흔하디흔한 죽음의 광경이었습니다. 그 광경 앞에서 무언가를 느낀 적은 없었습니다. 전 그저 사신으로서 망자의 육체에서 영혼을 회수하여 영계로 돌려보낼 뿐. 그러니 이번에도…… 그럴 작정이었어요. —그런데."

쿄우카의 목소리가 조금 떨리는 듯했다.

"남성의 손을 꽉 쥐고 눈물을 흘리며『죽지 말아요』하고 계속 애원하는 여성의 모습, 평온한 표정으로 잠에 들 듯 숨이 끊어져가는 남성의 모습을 바라보고 있으니 갑자기 케이가 머릿속에서 떠올라서……. 그 순간 또다시 옥죄는 것 같은 그 통증이 내 가슴을 엄습했어요. 그리고 난 정신을 차려보니 죽어가는 남성의 모습에는 케이를, 곁에 있는 여성의 모습에는 제 자신을 투영하고 있었어요. 그와 동시에 비로소 깨달았습니다. 전…… 케이의 목숨을 빼앗기로 되어있는 사신인 저는……."

푹 숙인 쿄우카의 얼굴에서 코코아 캔을 쥔 하얀 손으로 물방울이 툭 떨어졌다. 그저 한 방울이 아니었다. 두 방울, 세 방울, 네 방울……. 비처럼 뚝뚝 떨어지는 그 투명한 물방울은―.

"……전 케이를 죽이고 싶지 않아요. 죽지 않았으면 좋겠어요!"

슬픔의 눈물이었다. 쿄우카는 난생 처음 흘리는 눈물에 당황했다. 잠겨가는 목소리가 갈라지면서도 정신없이 나에게 속마음을 부르짖었다.

"전 케이랑 함께 있고 싶어. 오늘뿐만 아니라 내일도, 모레도…… 앞으로도 쭉 함께 있고 싶어요! 더 많은 곳을 가고, 더 많은 대화를 나누고, 더 많은 체험을 하고 싶어……. 케이가 죽는 건 싫어요, 이 세상에서 사라지는 게 싫어요! 오늘이 끝나버리면 이제 두 번 다시 만날 수가 없다니 그건…… 절대로, 싫어! 케이랑 함께 보낼 수 없는 나날은 생각하고 싶지도 않습니다!"

"쿄, 쿄우카……."

"—하지만."

내가 달래려고 했지만 쿄우카는 아랑곳 않고 격정에 찬 말을 쏟아 내고서 두 손으로 가슴을 꽉 움켜쥐었다. 입도 대지 않고 내던져 버린 코코아 캔이 땅바닥을 굴렀다.

쿄우카가 고개를 마구 흔들며 흐느꼈다. 어린아이처럼 떼를 썼다.

"하지만 전 사신입니다! 대상자의 최후를 지켜보고서 그 영혼을 영계까지 보내는 게 사명이니까. 설령 아무리 괴로울지라도 대상자인 케이를 확실히 죽여야만 해요……. 케이의 영혼을 회수하여 영계까지 보내야만 한다고요. 그렇게 스스로를 타이르며 이 욕심 같은 소망을 억누르려고 했어요……. 하지만 안 되겠어요! 도저히 안 되겠다고요! 그러니 케이—."

쿄우카가 나를 쳐다봤다. 눈물을 쉴 새 없이 쏟아내느라 붉게 부어버린 눈에는 『사신』이 아닌 쿄우카라는 소녀의 의지가 담겨 있었다.

"함께 도망치죠."

"어?"

내가 깜짝 놀라자 쿄우카가 내 손을 잡고서 얼굴을 가까이 댔다.

"저랑 함께 달아나요. 죽음의 운명으로부터 도망쳐요! 아마도 제가 케이를 죽이지 않으면 대신 케이를 죽이기 위해서 사신계에서 다른 사신을 파견할 테지만, 걱정할 필요 없습니다. 제가 그 사신을 물리쳐서 케이의 목숨을 지킬 테니까! 절대로 죽게 놔두지 않을 거야!"

"어?! 쿄우카⋯⋯."

검은 눈동자에 활활거리는 의지가 깃들었다. 쿄우카가 무시무시한 얼굴로 애원하자 나는 어금니를 꽉 깨물었다. 뱃속에서부터 치밀어 오르는 격정과 비슷한 강렬한 염원, 쿄우카의 바람에 응해주고 싶다는 욕망을 필사적으로 억눌렀다. 가둬둘 수 없는 감정이 가슴을 꽉 메워버려서 숨을 쉴 수가 없었다.

그러나 쿄우카는 다짜고짜 내 두 손을 꽉 쥐고서 말했다.

"그 끝에 설령 제가 말소되더라도⋯⋯ 일분일초라도 더 오랫동안 케이랑 함께 살 수 있다면 기꺼이—."

그 순간. 나는 몸을 내밀어 눈물처럼 솟아나는 속마음을 계속 부르짖는 쿄우카의 입술을 내 입술로 막았다.

"⋯⋯읍?!"

쿄우카가 몸을 흠칫 떨더니 굳어버렸다. 나는 쿄우카의 손을 쥐면서 눈물로 젖은 입술에 내 입술을 부드럽게 밀면서 눈꺼풀을 감았다.

세계가 죽어버린 것 같은 고요함 속에서 생명을 새겨나가는 심장 소리와 멎어버린 호흡, 맞잡은 손과 겹쳐진 입술에서 전해지는 부드러운 온기를 느꼈다.

수십 초? 기껏해야 1분? 영원과도 같은 짧은 시간이 지난 뒤에 나는 입술을 살며시 뗐다. 그러고는 눈이 휘둥그레져서는 입을 반쯤 벌린 채로 넋을 놓은 쿄우카를 바라보며 타일렀다.

"바보 같은 소리 하지 마."

"케, 케이……."

"나 역시 가능하다면 쿄우카랑 더 함께 있고 싶고, 쭉 함께 살아가고 싶어. 쿄우카랑 더욱더 많은 곳을 가고, 많은 대화를 나누고, 수많은 처음을 체험시켜 주고 싶어. 하루로는 부족하고, 7일도 턱없이 부족해. 쿄우카랑 만나기 전에는 진심으로 하고 싶은 게 없기에 별다른 미련이나 후회도 들지 않아서 죽어버려도 상관없겠다 싶었지만—."

불과 며칠 전까지 나는 내용물이 텅 비어 있었다. 딱히 죽고 싶은 이유는 없지만, 살고 싶은 이유도 특별히 없었다. 꿈도 목표도 없이 시간을 낭비하고, 그저 막연하게 죽은 것이나 다름없이 살아가는 시시한 인생이었다.

그런 인생이 바뀌기 시작한 건 언제부터였을까.

쿄우카와 만나 죽음을 선고받은 순간일까? 야밤에 패밀리 레스토랑에서 쿄우카가 파르페를 한입 가득 먹고서 귀엽게 웃던 모습을 봤을 때일까? 쿄우카와 시간을 보내면서 그저 사신으로서만 살아가는 그녀의 공허함에 동병상련을 느꼈던 때일까? 아니면 역시나 내가 진심으로 그녀를 사랑하고 있음을 깨달은 순간일까? 스스로도 확실히 모르겠다. 그러나.

"난 쿄우카랑 만나고서 난생 처음으로 살아가는 의미……
『살고 싶다』라고 간절히 바랄 이유를 찾아낼 수 있었어."

나 혼자서는 지루한 시간도 쿄우카가 곁에 있어주면 즐거웠다. 꿈이나 목표 따위가 없더라도 쿄우카가 있으면 아무렇든 좋았다. 행복하다고 느꼈다. 쿄우카가 나를 생각해주는 것만큼 텅 비었던 내 마음이 채워졌다. 삶의 기쁨을 맛볼 수 있었다.

요 며칠 사이에 내가 이토록 달라진 것은 쿄우카와─ 그녀와 나를 만나게 해준 사신계 덕분이었다. 그렇기에.

"그것만으로도 난 충분히 만족했어, 쿄우카. 난 원래 죽을, 죽어야 할 운명이었기에 쿄우카와 만날 수 있었어. 더 함께 있고 싶다든지, 평생 함께 살고 싶다든지…… 한번 바라기 시작하면 한도 끝도 없어. 미련이 후련히 해소되기는 커녕 늘어날 뿐이지. 이건 불행한 일이 아냐. 네가 그렇게 생각해 준 것만으로도 차고 넘칠 정도로 행복해. 아마도 우리가 서로 만나지 않았더라면 이토록 괴롭고 고통스러운 결말은 없었을 테지만…… 이토록 즐겁고 가득 채워진 마음을 분명 깨닫지도 못했을 테니까."

"케이……."

쿄우카의 눈에 맺힌 눈물이 넘쳐흘렀다. 나는 얼굴을 잔뜩 일그러뜨린 쿄우카를 끌어당겨서 안아줬다. 부러질 것만 같은 그녀의 가냘픈 몸은 부드럽고 따뜻해서 좋았다.

밤에 부는 봄바람을 들이마시니 꽃 같은 쿄우카의 향기와 달콤한 욱신거림이 가슴을 채웠다. 이대로 시간이 쭉 멈춰 주길 바랐다. 결코 이뤄질 수 없는 바람임을 알기에 더더욱.

"……좋아해, 쿄우카."

눈에서 눈물이 흐르듯이, 가슴속에서 치밀어 오른 뜨거운 감정이 말이 되어 새어 나왔다. 내 팔 안에서 쿄우카가 숨을 삼킨 게 느껴졌다.

나는 뒤로 두른 손으로 그녀의 머리를 쓰다듬고는 미소를 지으며 나직이 속삭였다.

"만난 지 아직 7일도 지나지 않았지만…… 쿄우카랑 보냈던 마지막 시간은 내가 여태껏 살아왔던 19년보다 즐겁고, 틀림없이 행복해. 고마워. 날 죽이러 와준 사신이 너라서 다행이야. 쿄우카의 손에 죽을 수 있다면 난 웃으면서 행복한 최후를 맞이할 수 있을 거야."

"……으! 케, 케이—."

쿄우카가 서럽게 흐느끼며 내 몸을 꼭 끌어안았다.

내 이름을 몇 번이고 부르며 오열하면서 매달리듯 내 가슴에 얼굴을 묻었다. 쿄우카의 눈물이 내 가슴에 번지더니 달콤한 아픔을 수반하며 퍼져나갔다.

"저, 저도…… 저도 마찬가지예요, 케이! 만나서 좋았어요……, 요 며칠, 케이랑 함께 보냈던 시간은, 정말로 즐거웠어요. 행복했어요……. 저도 좋아해요. 케이가 좋아요.

그러니…… 그러니 전 케이가 바라는 대로…… 이 손으로, 케이를…… 케이의 영혼을—."

교우카가 통곡하며 마음을 고백하고서 내 바람을 받아주려고 했을 때.

"—당장 떨어져요."

웬 목소리가 울렸다. 감정이 없는, 아주 메마른 여성의 목소리가. 그쪽으로 시선을 돌리니 공원 입구, 가로등 아래에 나고야역에서 헤어졌던 요시타니가 고개를 푹 숙인 채로 서 있었다.

"요시타니? 너, 왜 여기에……."

"선배한테서 떨어져요."

내가 물었지만 요시타니는 무시하며 말을 되뇌고서 다가왔다.

요시타니는 두 손을 허리 뒤로 돌린 자세였고, 앞머리 틈새로 보이는 눈동자는 교우카를 똑바로 째려보고 있었다.

요시타니가 심상치 않은 모습으로 다가오자 교우카가 "……음" 하고 몸을 떼고서 눈물을 훔쳤다. 벤치에서 일어서 나를 지키려는 듯 섰다.

"무슨 용건인가요, 요시타니 카스미 씨? 저와 케이의 소중한 시간을 방해하지 말아 줬으면 좋겠는데—."

"닥쳐!"

요시타니가 격노하여 교우카를 향해 달려들었다. 육박한 순간에 요시타니가 허리 뒤에 있던 손을 휙 뻗어서 교우카의 복부를 푹 찔렀다.

"─『사신』!"

"……윽?!"

쿄우카의 몸이 흠칫 튀었다. 요시타니의 입에서 튀어나온 단어 때문인 줄 알았지만 아니었다. 쿄우카가 아연실색하며 중얼거렸다.

"아…… 어? 어…… 어째서…….."

쿄우카의 다리에서 힘을 빠지더니 몸이 확 기울어졌다. 그러고는 그대로 쓰러졌다. 차가운 땅바닥에 쓰러진 쿄우카가 꿈쩍도 하지 않았다.

"아핫."

쓰러진 쿄우카를 내려다보며 요시타니가 뭐가 우스운지 웃었다. 그녀는 두 손으로 날이 15센티미터쯤 되는 예리한 나이프를 꽉 쥐고 있었다.

◇

─요시타니가 쿄우카의 배를 찔렀다.

그 사실을 이해한 순간, 나는 벌떡 일어나 쿄우카에게로 달려갔다.

"쿄우카!"

바로 눈앞에 흉기를 든 상대가 있는데도 아랑곳 않고 쿄우카의 몸을 안아서 일으켰다.

얼핏 보니 쿄우카의 몸에는 상처가 하나도 없었다. 나이프에 찔렸을 복부는 옷조차 찢어지지 않았고, 피도 한 방울 흘리지 않았다. 그런데도.

"야, 야아…… 왜 그래?! 어서 눈을 떠, 어서!"

쿄우카는 눈을 감은 채로 의식을 잃고서 축 늘어졌다. 무슨 영문인지 모르겠다.

반영체인 사신에게 나이프는 통하지 않을 터다. 그것은 내가 쿄우카와 처음 만났던 밤에 이미 실증됐다. 그런데 어째서—.

"이제 괜찮아요."

그때 부드러운 목소리가 들렸다. 고개를 드니 쿄우카를 찌른 요시타니가 은색 나이프를 꽉 쥔 손을 부들부들 떨면서 나를 안심시키려는 듯 미소를 지어보였다.

"이 나이프는 단순한 나이프가 아니랍니다. 육체가 아니라 영체—『혼』에 직접 상처를 입히는 날이 달린 나이프이니까……. 아, 아무리 저 여자가 사신일지라도 멀쩡할 리가 없을 걸요?"

"……뭐?"

나는 귀를 의심했다. 사신을 죽일 수 있는 나이프. 그런 게 실존했나? 실존한다고 치더라도 어째서 요시타니가 그런 도구를 갖고 있지?

아니, 애당초 요시타니는 어떻게 쿄우카가 사신임을 알고 있고, 쿄우카를 비롯한 사신의 존재를 파악하고 있는 거지?

그런 의문들이 한꺼번에 분출해서 내 머릿속이 혼란에 빠졌다.

―바로 그때.

"그 나이프는, 제가 그녀에게 빌려준 『사신의 낫의 파편』입니다."

불현듯 어디선가 목소리가 울렸다. 무기질적이고, 감정이 없고, 차가운 칼날을 연상케 하는 남성의 저음이었다. 나는 곧바로 주변을 둘러봤지만 그럴싸한 인물은 보이지 않았다.

그런데 내가 시선을 다시 되돌리자 방금 전까지 아무도 없었던 요시타니의 옆에 한 남자가 서있었다.

검은 코트에 검은 바지, 검은 구두를 신고서 검은 모자를 깊숙이 눌러쓴, 온몸이 새카만 젊은 남자였다. 그 피부는 죽은 사람처럼 창백했고, 모자에 가려진 나를 쳐다보는 그 눈동자에는 생기가 전혀 느껴지지 않았다.

"어?! 너, 넌……."

이질적인 분위기를 풍기는 저 남자의 모습이 낯익었다. 지난번에 내가 카시코지마 수족관에서 봤던 수상쩍은 남자. 내가 경악하자 남자가 쓰고 있던 모자를 벗더니 정중히 인사했다.

"안녕, 하타노 씨. 이렇게 얼굴을 마주보고서 정식으로 인사하는 건 처음이네요. 전 쿠요우(供養)라고 합니다. 엿새 전부터 이 여성, 요시타니 카스미 씨를 담당하고 있는 『사신』이에요."

"……뭐라고?!"

자신의 이름을 쿠요우라고 한 남자가 정체를 밝히자 나는 눈을 희번덕거렸다. 남자가 사신이라는 사실에도 놀랐지만, 그 무엇보다 나를 동요케 한 것은—.

"요시타니의 담당? 그, 그 말은……."

"……예. 선배랑 똑같아요. 전 이제 곧 죽는대요."

요시타니가 수긍하고서 초췌해진 얼굴로 힘없이 실웃음을 지었다.

"5월 2일 19시 9분 21초, 이 사신한테 살해당해서."

"5월, 2일……."

내가 목숨을 잃게 되는 날의 다음날이다. 너무나도 가깝다. 나는 등골이 오싹해져서는 물었다.

"……요시타니의 원래 사인은 뭐였어?"

"교통사고예요. 귀가하던 중에 차에 치여 죽는다고 들었어요……. 선배는, 병사라고 했던가요?"

"아, 아니…… 나도 사고야. 불운한, 사고 말이야."

무차별 살인마에게 살해당할 운명임을 솔직히 밝히기가 꺼려져서 모호하게 대답했다.

불길한 예감이 자꾸 커져만 갔다. 내가 밤길에 불운하게 무차별 살인마에게 살해된 뒤 그 이튿날에 요시타니도 불운하게 차에 치여 죽는다. 그런 우연이 있을 수나 있나?

그리고 우연이 아니라면 그 속에 어떤 『필연』이—.

"제가 사신과 만나 죽음을 선고받은 시각은 4월 25일 19

시계…… 선배한테 처음으로 고백했던 날 밤이었어요."

내가 생각을 거듭하고 있으니 요시타니가 그 사실을 밝혔다.

그녀는 여전히 나이프를 쥐고 있었다. 그러나 당장에 덮쳐올 것 같은 낌새는 느껴지지 않았다. 옆에 서있는 쿠요우도 얌전히 상황을 지켜봤다.

"……선배한테 차인 뒤에 전 5교시 강의를 빼먹고서 혼자 놀러 갔어요. 기분을 풀려고 오스 방면으로…… 그때 보고 말았습니다. 선배가 여친으로 보이는 여자와 둘이서 게임센터에 들어가는 모습을요. 전 무심코 뒤를 밟았고, 들키지 않도록 남몰래 선배와 여친이 즐거워하는 모습을 지켜봤어요."

"아아―."

쿄우카와 인형뽑기를 한창 즐기던 동안에 느꼈던 누군가의 강렬한 시선이 떠올랐다. 바로 요시타니의 시선이었구나.

"차인 지 얼마 안 됐던 때라 전 선배랑 함께 있는 그 여자가 부럽고 밉살스러워서…… 견딜 수가 없어서 금세 나와 버렸는데."

내 팔에 안겨 있는 쿄우카를 노려보며 요시타니가 인상을 찡그렸다. 나이프를 쥔 손에 힘이 꾹 들어갔다.

"집으로 돌아가는 길이었어요. 제 곁으로 사신이 찾아와서는 7일 뒤에 죽을 거라고 알려줬죠."

요시타니에게 죽음을 전한 쿠요우는 모조품처럼 아름다운 얼굴에 가면 같은 무표정을 덧붙인 채로 가만히 서서 입을 굳게 다물고 있었다.

쿄우카를 바라보던 요시타니의 험악한 눈빛이 쿠요우의 옆얼굴로 향했다. 미간을 잔뜩 찡그린, 고통스러운 표정으로 요시타니가 말을 토해냈다.

"최악의 기분이었어요. 좋아하는 선배한테 차이고, 그 선배가 내가 아닌 다른 여자랑 데이트를 즐기는 장면도 목격했을 뿐만 아니라 사신한테서 죽음까지 선고받다니……. 그런 잔인한 하루가, 있을 수 있나요?"

"요시타니……."

"……사신은, 내 소원을 딱 하나 이뤄주겠다고 했지만."

요시타니가 고개를 떨궜다. 그 목소리에는 억누를 수 없는 비탄과 초조함이 담겨 있었다.

"제 소원은, 선배랑 맺어지는 것. 그건 도저히 이룰 수 없는 바람이었어요. 사람의 마음을 조종할 수 없을 뿐더러 그런 짓을 하면서까지 선배의 마음을 돌려 본들 허무할 뿐이니까요. 하지만 제게 그보다 더 절실한 바람은 없어요. 그래서 소원했습니다. 저 사신한테, 사랑이 성취될 수 있도록 도와달라고."

―사랑이 이뤄질 수 있도록 도와 달라. 그것이 요시타니가 바란 인생 최후의 소원인가.

내가 쿄우카를 사랑하기 전이었다면 왜 그런 시답잖은 것을 바랐는지 의문을 품었겠지. 그러나 지금은 어쩐지 그녀의 마음을 알 것도 같았다.

좋아하는 상대와 맺어질 수 없다는 슬픔은 어쩌면 인생이 끝나는 것보다 더 괴롭고 고통스러울지도 모르겠다.

"그리고 전 그날 밤에 메시지에 답장을 보내지 않는 선배의 모습을 살펴봐달라고 사신한테 첫 번째로 부탁했습니다. 그 결과, 선배가 자택에서 여친과 사이좋게 지내는 걸 전해 듣고서 절망했지만."

"뭐?! 그럼 그날 밤에 창밖에서 내 방 안을 들여다보고 있던 건─"

"접니다."

내 시선을 느낀 쿠요우가 담담히 대답했다.

"모습을 감췄는데도 들키고 말았군요. 참고로 그 시점에는 함께 있는 여성이 사신임을 미처 몰랐습니다. 제가 곧바로 이탈하지 않고 영체인 채로 주변에 머물렀다면 서로 알아차렸을 테지만……. 우리 사신들은 평소에는 서로를 거의 간섭하지 않습니다. 그리고 인간과 함께 영화를 보면서 음식물을 입에 넣는 사신이 있을 줄은 생각조차 못했거든요."

쿠요우가 그렇게 말하고서 쿄우카를 쳐다봤다.

나는 납득하면서도 요 며칠 동안에 벌어졌던 일들, 요시타니와 관련한 우연들을 떠올리며 물었다.

"그럼 혹시 그 이튿날에 대학교 지인이 열쇠를 잃어버려서 오지 못한 것도, 누군가가 내 우산을 훔쳐간 것도 전부네가 벌인 소행이었어?"

"예."

"제가 부탁했어요, 선배."

쿠요우가 고개를 끄덕이자 요시타니가 대신 미안해하며 해명했다.

"금요일에 선배가 늘 친구 분이랑 함께 있는 걸 잘 알기에 어떻게든 떼어놓고 싶었거든요. 선배랑 단둘이서 느긋하게 대화를 나눌 수 있는 상황을 만들고 싶었어요. 그래서 힘을 빌려달라고 했습니다."

"……그랬구나."

우산대에서 딱 맞닥뜨린 요시타니의 태도가 어색하고 묘하게 부자연스러웠던 이유는 고백 때문만은 아니었다는 뜻이다. 가슴속에 턱 걸려 있던 위화감과 의문이 녹아내리듯 해소됐다.

"제 소원은 『선배랑 맺어지는 것』이었지만, 마음을 다시 전했는데도 안 된다면 포기할 셈이었어요. 선배랑 화해하여 슬픈 기억은 없었던 것으로 묻어두고…… 사랑하는 선배와 보냈던 즐거운 한때를 추억으로 간직한 채로 죽음을 순순히 받아들일 생각이었어요."

『다음에 또 이렇게 시간을 함께 보내면 좋겠네요?』

『―그럼 안녕히.』

헤어질 때 요시타니가 나에게 했던 그 말들. 묘하게 명랑하면서도 암담하고 어두웠던 그 웃음이 떠올랐다.

그때 요시타니의 언동이 내 마음을 크게 울렸던 이유는 그녀 역시 나와 똑같은 상황이었기 때문이겠지.

자신의 목숨이 며칠 뒤면 끝난다는 걸 알면서도 얼마 남지 않은 인생을 열심히 즐기려고 했다—.

"……뭐, 무리였지만요."

요시타니가 자조하듯 쓴웃음을 흘리고서 한숨을 내뱉었다.

"마음씨 착한 선배가, 제가 체념하도록 놔두질 않았으니까요."

"음……."

"선배는, 잔인한 사람이에요."

요시타니가 음침할 정도로 부드러운 투로 나를 나무라고서 눈웃음 지었다.

"밀쳐낼 거면 처음부터 가차 없이 매몰차게 거절해 주길 바랐어요. 그러면 분명 포기할 수 있었을 텐데……. 설령 마음이 아무리 다치고, 죽기 전에 모든 것을 잃고 텅 빈 채로 최후를 맞이하더라도 상관없었는데. 철저히 이기적으로, 선배를 향한 이 마음을 관철시키고 나서 죽자는 생각 따윈 분명 하지 않았을 텐데."

"……윽!"

전망대에서도 들었던 요시타니의 속마음이 그녀의 죽음의 무게와 함께 내 가슴을 무겁게 짓눌렀다.

그토록 나를 좋아해 줬구나 싶어서 기쁘기도 했지만, 그 마음에 응해주지 못해서 몹시도 미안했다. 그 죄책감에 깔려버릴 것만 같았다.

"전 사신한테 선배의 모습을 확인해 달라고 부탁한 뒤 선배랑 다시금 연락을 취해서…… 어떻게든 다시 만날 약속을 잡았어요. 선배가 홀로 친가로 돌아가서 잠시 안심하긴 했지만, 그 이튿날에는 아침부터 여친이랑 함께 있었죠. 질투심이 부풀어 올랐지만, 여기서 안달하면 안 된다고 전 필사적으로 계속 참아냈어요."

요시타니의 이야기를 들으면서 나는 고향에서 봤던 검은 실루엣— 친구와 헤어진 직후에 목격했다가 금세 사라져버린 그 검은 인물이 요시타니의 담당 사신임을 알았다.

그 이튿날에 쿠요우가 수족관을 방문했던 것도 요시타니를 위해서였다. 나와 쿄우카의 동향을 감시하려는 목적이었겠지.

"그리고 약속한 당일이 찾아왔어요. 전 이틀 뒤에 죽어버리니 그날이 마지막 기회라며 모든 속내를 선배한테 토로했지만…… 멋지게 옥쇄했습니다. 그 다음에 처음으로 알았어요. 선배도 나와 처지가 같다는 걸요."

나를 쳐다보는 요시타니의 두 눈동자가 글썽였다. 그 두 눈에 번진 것은 슬픔의 눈물이 아니었다. 참을 수 없는 기쁨의 눈물이었다.

"전 사정을 설명하려고 곧바로 선배를 쫓아가려고 했지만…… 사신이 찾아와서 더 충격적인 사실을 알려줬어요. 제가 줄곧 선배의 연인이라고 여겼고, 선배도 그렇게 우겨 댔던 그 여자애가 인간이 아니라고. 선배의 목숨을 빼앗기 위해 찾아온 사신이라고요."

"……제가 확신한 때는 불과 몇 시간 전. 역에서 헤어진 뒤 그녀를 지켜보던 때였습니다."

쿠요우가 쿄우카를 쳐다보며 자초지종을 설명했다.

"그녀는 기묘한 물체를 안은 채로 지하철을 타고서는 하타노 씨의 자택으로 돌아가 책을 읽으면서 한동안 시간을 보냈습니다. 그런데 21시가 지났을 즈음에 제가 잠시 한눈을 판 사이에 홀연히 사라져 버렸습니다."

21시가 지났을 즈음. 그때는 쿄우카가 배정된 첫 업무를 수행하는 시각이었다. 아마도 영혼을 회수하기 위해 순간 이동으로 현장으로 이동했겠지.

아니, 어쩌면 그 전에 한 번 나와 요시타니의 모습을 살펴보기 위해 왔을지도 모르겠다. 요시타니와 저녁을 먹은 뒤 내가 거리에서 누군가의 시선을 느꼈던 때도 딱 그 시간대였던 것 같으니까.

"전 한동안 그녀를 찾아다녔지만 좀처럼 발견할 수가 없었고, 행방도 알 수가 없었기에 일단 카스미 씨 곁으로 돌아가기로 했습니다. 그런데 아까 전에 사라졌던 그녀가 영체가 돼서 하타노 씨 곁에 서있더군요. 사신인 제 눈에는 그 모습이 똑똑히 비쳤습니다."

쿠요우가 한 번 뜸을 들이고서 나를 쳐다봤다.

"그리고 머지않아 하타노 씨의 입에서『죽음의 운명』이 나왔을 때, 전 그녀— 쿄우카라는 소녀가 인간이 아니라 저와 같은 사신임을 확신했습니다."

그가 이야기를 마치고서 눈꺼풀을 감았다.

"……그랬구나."

나는 이해하는 한편, 도저히 납득이 가지 않는 의문이 하나 있어서 물었다.

"얘기는 대강 알겠어. 그런데 아직도 모르는 게 있어. 넌 어째서 요시타니한테 그런 나이프를 건네줬지? 자신과 같은 사신인 쿄우카를 죽일 수 있는 도구를……."

"카스미 씨의 소원을 들어주기 위해서입니다."

쿠요우가 대답하고서 눈꺼풀을 떴다. 유리처럼 무기질적인 눈동자로 나로 응시했다.

"하타노 씨와 맺어지기 위해서는 쿄우카 씨를 기필코 제거해야만 한다고 카스미 씨가 말했습니다. 그래서 전 수단을 부여해 드렸던 겁니다. 사신한테는 대상자의 소원을 최대한 들어줘야만 하는 의무가 있으니까요. 인간의 생사에 관한 소원은 당연히 금지됐지만……, 쿄우카 씨는 사신. 사신의 생사에 관한 소원은 특별히 금지된 적이 없는지라."

"뭐?! 뭐—."

쿠요우가 감정이 없는 투박한 목소리로 사실만을 담담히 말하자 나는 경악했다.

"뭐야, 그게……."

사신계에서 사전에 금지하지 않았기에 소원을 들어줬다.

일단 앞뒤가 맞긴 하지만 쿄우카는 쿠요우와 동일한 『사신』이다. 간접적이긴 하지만, 동족을 해하는 행위이건만 꺼려지거나 거부감이 느껴지지 않았나?

"그런 이유로, 쿄우카를—."

"이제 됐어요, 선배."

내가 격앙하려고 하자 요시타니가 미소를 지었다. 그러고는 나를 안심시키려는 말투로 말했다.

"이제 그런 『연기』는 그만해도 돼요. 다 아니까요…… 전부 『거짓말』이었던 거죠?"

"—뭐?"

"선배한테 연인이 있다는 것도, 그걸 핑계로 제 고백을 거절했던 것도……, 이제 곧 죽을 선배가 제 마음이 다치지 않도록 내뱉은 다정한 거짓말이었던 거죠?"

요시타니가 거듭 물었다. 그 목소리가 점점 커지고 뜨거워져갔다. 그녀가 나이프를 세게 쥔 채로 발걸음을 내디뎠다.

"선배가 제 마음을 받아주지 않던 이유는 제가 싫다거나, 저보다 소중한 여성이 있어서가 아니라— 절 생각해 줬기 때문이죠! 마음씨 착한 선배는 사신 따위와 연인인 척 행세하면서까지 절 단념케 하려고 했지만…… 실은 응해주고 싶었기에, 진심으로 맺어지고 싶었기에 뿌리치지 못했던 거예요. 그렇죠? 제 말이 맞죠? 그렇죠, 하타노 선배?!"

"요, 요시타니……."

요시타니가 바짝 다가와서는 그렇게 아우성쳤다. 커다래진 동공에서 눈빛이 활활 타오르는 그녀의 모습을 보고서 나는 공포심마저 들었다. 동시에 한 가지 추측이 떠올랐다.

—만약에 내가 죽음을 선고받지 않았다면. 엿새 전에 처

음으로 고백을 받았을 때 요시타니의 마음을 받아들여 연인 관계가 됐겠지.

그러나 내가 요시타니를 진심으로 사랑했을 일은 아마도 없겠지. 설령 교제를 시작했더라도 요시타니의 과도한 애정에 질색하여 일찌감치 이별을 고했을 것 같기도 하다. 그러면 어떤 미래가 나를 기다렸을까?

나는 밤길을 가다가 칼에 찔려 죽는다.

불운하게도 일면식도 없는 무차별 살인마에게? 아니—.

"괜찮아요, 하타노 선배. 제가, 죽여드릴 테니까요."

요시타니의 입가에는 실웃음이 맺혔지만, 눈동자에는 웃음기가 전혀 담기지 않았다. 그녀가 나이프를 서서히 들어 올렸다. 이것이 본디 내가 맞이했어야 할 그날 밤에, 마지막으로 목도했을 광경일지도 모르겠다.

"선배를 죽이려고 하는 사신을 죽이도록…… 도와드릴 테니까! 저랑 함께 도망치죠, 하타노 선배!"

요시타니가 입에 담은 바람은 공교롭게도 쿄우카가 아까 전에 나에게 애원했던 바람과 똑같았다.

나는 요시타니의 무시무시한 모습에 압도되면서도 팔 안에 있는 쿄우카를 지키고자 세게 끌어안았—.

그 순간, 요시타니가 몸을 홱 돌려서 오른손으로 쥔 나이프를 옆에 선 사신의 가슴에 깊숙이 박았다.

"……윽?!"

쿠요우의 눈이 휘둥그레졌다. 가면 같았던 창백한 얼굴에

경악이 퍼져나갔다.

"카, 카스미…… 씨? 어……째서…….."

"어째서? 그야, 당연한 거 아닌가요."

쿠요우가 아연실색하며 묻자 요시타니가 그의 가슴에 박힌 나이프를 꾸욱 비틀었다. 그러고는 소름이 돋을 만큼 차가운 목소리로 내뱉었다.

"―당신도, 사신이니까."

◇

요시타니가 찔렀던 나이프를 스르륵 뽑았다. 쿠요우의 몸이 힘없이 무너져 내렸다. 요시타니가 땅바닥에 엎드린 채로 꿈쩍도 않는 쿠요우를 내려다보며 말했다.

"……미안해요. 제가 선배랑 『살기』 위해서는 이럴 수밖에 없었어요. 우리의 『미래』를 빼앗으려는 사신 같은 존재는 제가 이 손으로…… 남김없이, 제거해야만 해요."

요시타니가 낯빛 하나 바꾸지 않고 무감정하게 사죄했다. 나이프를 쥔 손은 이제 떨리지 않았다. 그저 아래로 축 늘어져 있었다.

더러움을 모르는 은색 칼날이 가로등 불빛을 쐬어 요염하게 빛났다.

"요, 요시타니…….."

사신은 인간이 아니지만 한없이 인간과 가까운 존재다.

그런 상대를 한 번이 아니라 두 번이나 주저 없이 찔렀는데도 태연하다니. 나는 그녀가 무서워서 견딜 수가 없었다. 자신의 바람을 이루기 위해서 이런 짓까지 서슴없이 저지르는 요시타니와 심연과도 같은 그 마음의 깊이가.

"우⋯⋯."

광기조차 느껴지는 요시타니를 보며 내가 전율하고 있으니 배를 찔리고서 의식을 잃었던 쿄우카가 신음하며 눈꺼풀을 떴다. 검은 눈동자로 나를 멍하니 바라봤다.

"⋯⋯케, 케이? 저, 전⋯⋯."

"쿄우카! 다행이다, 무사―."

"살아 있었나요?"

쿠요우를 내려다보며 가만히 서있던 요시타니가 불쑥 중얼거렸다. 눈을 막 떠서 상황을 미처 파악하지 못한 쿄우카를 힐끗 보고서 나이프를 다시 쥐었다.

"미안해요. 너무 얕게 찔렀던 모양이에요⋯⋯. 다음에는 제대로 죽일게요. 제가 이 일을 마치면 하타노 선배, 저랑 함께―."

"그만둬."

나는 쿄우카를 지키듯 끌어안고서 요시타니를 제지했다. 그러고는 겁먹지 않고 노려봤다.

"쿄우카한테 손대지 마, 요시타니. 난 너랑 도망치지 않아⋯⋯. 이대로 이 녀석이랑 최후의 시간을 보내고서 이 녀석의 손에 죽을 거야. 그러기로 결심했어."

내가 거절의 뜻을 확실히 전하자 요시타니가 눈을 껌뻑였다. 나이프를 쥐지 않은 손으로 뺨을 긁고서 쓴웃음을 지었다.

"아하하. 어, 저기…… 무슨 말을 하는 거예요, 선배? 쉽사리 포기하지 않아도 돼요. 제가 도와드린다니까요. 선배를 죽이려는 그 사신을 죽여서—."

"손대지 말라고 했잖아!"

"……어?!"

내가 호통을 치자 요시타니가 몸을 흠칫 떨었다. 그 얼굴에서 웃음기가 싹 가시고, 당혹감과 초조감이 번지기 시작했다.

"하, 하타노 선배……?"

"난 삶을 포기해서 죽음을 받아들인 게 아냐. 난 이 사신을— 쿄우카를 좋아하니까. 죽음을 계기로 쿄우카랑 만나서 설령 짧은 시간일지라도 함께 할 수 있다면 충분하다고 생각했기에 모든 걸 납득하고서 죽음을 받아들이려는 거라고."

나는 당황한 요시타니에게 말했다. 피차 모든 것을 다 밝혔는데도 그래도 결코 변하지 않는 감정을 전하기 위해서.

"나랑 쿄우카가 연인이라는 건 분명 거짓말이야. 내가 처음으로 고백받았을 때는, 요시타니를 단념케 하려고 순간 내뱉은 거짓말이었어. 처음에는 내가 쿄우카를 좋아하는지도 모호했고, 쿄우카한테 끌리는지 어떤지도 확실히 몰랐어……. 끌렸더라도 좀처럼 인정할 수가 없었지. 왜냐면 쿄우카는 사신이고, 가까운 미래에 내 목숨을 빼앗을 존재이니까……. 그런 상대와 사랑해 봤자 기다리는 건 죽음뿐이니 말이야. 그게 얼마나 바보 같은 짓인지는 내가 제일 잘 알아."

"케이……."

"하지만 어쩔 수 없잖아. 진짜로 반해 버렸는걸."

나는 쿄우카를 끌어안은 팔에 힘을 불어넣으며 내뱉었다. 그 말이 요시타니의 마음에 깊은 상처를 남길지라도 상관없었다. 각오는 진즉에 했다.

"설령 쿄우카가 사신일지라도 내가 그녀를 좋아하는 마음은 변치 않고 거짓도 아냐. 쿄우카랑 함께 지낼 수 있다면 7일이든, 단 하루든 상관없어. 쿄우카가 곁에 없는 수십 년의 세월보다는 훨씬 가치가 있으니까. 그러니 요시타니—."

나는 쿄우카의 몸을 살며시 놓고서 일어선 뒤 나이프를 든 요시타니와 지척에서 대치했다. 나는 그녀의 흔들리는 눈동자를 똑바로 응시했다. 그리고 단호하게 말했다.

"그래도 네가 쿄우카를 죽이고 싶다면…… 먼저, 나부터 죽여."

요시타니가 "예?" 하고 휘청거리며 뒤로 물러났다.

"서, 선배…… 대체, 무슨 소릴……."

"쿄우카가 없는 인생에 아무런 가치가 없어. 그딴 인생은 끝나버리라지……. 끝나는 편이 차라리 나아."

"……윽!"

요시타니가 커다란 눈동자가 흘러나올 것처럼 눈을 크게 뜨고서 입을 다물었다.

한동안 아연실색하며 나를 쳐다보다가 울먹이듯 얼굴을 일그러뜨리고서 고개를 숙였다. 축 늘어뜨린 어깨가 부들부들 떨리기 시작했다.

"아하, 아하하…… 그래요? 잘 알겠어요, 하타노 선배."

요시타니가 고개를 푹 떨군 채로 힘없이 웃었다. 그러고는 나이프를 쥔 오른손에 힘을 꾹 주더니―.

"그게, 선배의 진심이라면…… 으!"

요시타니가 외치고서 고개를 홱 쳐들었다. 그러고는 자포자기라도 했는지 나이프를 들어올렸다.

쿄우카가 "케이!" 하고 외치며 벌떡 일어나서는 나를 지키려는 듯 끼어들었다.

눈을 희번덕거린 내 앞에서 요시타니가 예리한 나이프로 힘껏 찔렀다. 나와 쿄우카의 몸이 아니라 본인의 복부를.

"요, 요시타니……? 너, 무슨―."

요시타니가 쥔 나이프는 자신의 복부에 밑동까지 깊숙이 박혔다. 그러나 피는 한 방울도 나오지 않았다. 그래도 요시타니의 얼굴이 고통에 물들었다.

"아, 하…… 죄, 죄송해요……. 하타노, 선배…… 전, 이제…… 이것밖에, 해드릴…… 게 없어서……."

"요시타니!"

쿄우카를 끌어안고서 굳어 있던 나는 황급히 요시타니에게로 달려가서 무너져 내리는 그녀의 작은 몸을 안아서 떠받쳤다.

조금 망설이다가 요시타니의 배에 꽂힌 나이프를 빼내고서 옷을 걷어 올려 몸 상태를 확인했다. 그녀가 입은 옷에도, 피부에도 상처 하나 나지 않았다.

　그러나 요시타니의 말에 따르면 이것은『육체가 아닌 영혼에 상처를 입히는 나이프』다. 그런 날붙이가 배에 꽂혔으니 무사할 성싶지 않았다.

　"젠장! 왜, 이런 바보 같은 짓을—."

　나는 식은땀을 흘리면서 주머니에서 스마트폰을 꺼내 119에 신고했다. 그러고는 초조한 마음을 필사적으로 다독이며 구급차를 불렀다.

　"……. 서, 선배…….."

　요시타니가 내 손을 쥐고서 중얼거렸다. 그 눈은 쿄우카에게로 향했다.

　"……사신…… 부탁이, 있어요……. 제, 제 목숨…… 영혼을…….."

　요시타니가 입술을 부르르 떨며 우뚝 서있는 쿄우카에게 미소를 지었다. 그러고는 마지막 힘을 쥐어짜내어 부탁했다. 눈물 한 줄기가 뺨을 타고 흘러내렸다.

　"서, 선배의 목숨…… 영혼, 대신에…… 가, 갖고 돌아……가……."

　마지막 말을 미처 끝내지도 못하고 요시타니의 몸에서 힘을 쭉 빠졌다. 그리고 그대로 의식을 잃고 말았다.

2018년 5월 2일 어느 미래, 어느 소녀의 최후

나에게는 사귄 지 일주일이 된 연인이 있다. 2년 전 고등학생 시절부터 짝사랑을 해왔던 한 살 위 선배로, 내가 난생 처음으로 진심으로 좋아한 사람이다.

내 연인이 밤길에서 무차별 살인마와 맞닥뜨려 살해됐다는 사실을 오늘 14시에 알게 됐다. 어젯밤과 오늘 아침에 메시지를 보냈지만 선배가 답장을 보내지 않았고, 늘 함께 들었던 대학교 강의에도 나타나지 않아서 걱정했을 때였다.

기다리고 기다렸던 선배의 연락이 와서 나는 황급히 강의실을 뛰쳐나갔다―. 그러나 상대는 선배가 아니라 선배의 누나였다. 선배의 누나는 감정을 억누르는 목소리로 어젯밤에 벌어진 불행한 사건의 전말과 선배의 죽음을 전해왔다.

그 순간, 갑자기 땅이 푹 꺼져서 밑바닥 없는 나락으로 떨어진 것 같은 암담한 절망감이 나를 엄습했다. 대학교를 뛰쳐나와 선배가 실려 간 병원으로 가서 선배와 만나 눈물이 다 마르도록 펑펑 울었다―. 병원에서 돌아가는 길. 문득 정신을 차려보니 나는 횡단보도 앞에 서서, 모든 감정이 모조리 흘러 나가버린 것 같은 텅 빈 마음으로 빨간 신호를 쳐다봤다.

"……선배. 하타노, 선배……."

자동차가 오가는 대로. 다리가, 저절로 앞으로 나갔다. 선배가 없는 인생에 아무런 가치도 없다. 그딴 인생은 끝나버리길 바랐다.

끝내는 편이 낫다고 생각했다.

Day after

: the death with me

"으으, 응……."

감겼던 눈꺼풀이 떨리면서 떠졌다. 투명한 갈색 눈동자가 문고본을 보다가 시선을 올린 내 모습을 바라보고는 이상하다는 듯 눈을 껌뻑였다.

"—선배?"

"요시타니! 다행이야, 정신을 차렸네."

"어, 음…… 저기, 여긴?"

연한 파랑색 환자복을 입고서 침대에 누워 있던 요시타니가 몸을 일으키며 물었다.

나는 읽고 있던 소설을 덮고서 손님용 파이프 의자에서 몸을 기울여 요시타니의 상태를 살펴보며 대답했다.

"여긴 병원 개인실이야. 몸에 이상은 없고?"

"아, 예…… 몸은, 별 이상이 없는데. 병원……."

요시타니가 실내를 둘러봤다. 하얀색을 기조로 원목 가구가 놓인 병실은 조용했다. 우리 말고는 아무도 없었다. 쳐져 있는 크림색 커튼 사이로 햇빛이 흘러들어 새하얀 리놀륨 바닥에 그림자를 흐릿하게 드리웠다.

"……아아, 그렇구나. 전 죽는 데 실패했군요?"

나이프로 찔렸지만 멀쩡한 배를 손으로 매만지며 요시타니가 중얼거렸다.

창백한 그 얼굴에 낙담과 안도감이 뒤섞인 것 같은 표정이 떠올랐다. 그녀가 한숨을 무겁게 내뱉고서 혼잣말을 하듯 물었다.

"그럼 마지막으로, 제가 사신한테 했던 부탁도—."

"당연하지. 들어줄 리가 없잖아. 그런 부탁을—. 쿄우카 녀석도 무척이나 난처해했다고. 영혼을 바꿔치기할 수는 없다, 그런 무모한 짓이 통할 리가 없다고."

"아하하…… 그렇겠죠. 하지만 그땐 그 생각밖에 떠오르질 않았어요. 선배한테 민폐만 잔뜩 끼쳤으니 하다못해 속죄라도 하려고."

"속죄라니, 넌 진짜……."

요시타니가 심각한 분위기로 말하자 나는 기가 막혔다.

"난 그런 거 딱히 바라지 않아. 네 목숨을 희생해서 연명하면 내가 기뻐할 줄 알았어?"

"……죄, 죄송해요."

내가 째려보자 요시타니가 눈길을 돌리며 사과했다. 그러고는 쓴웃음을 지으며 말했다.

"전 정말로 제멋대로죠. 특히 최근 며칠은…… 줄곧 필사적이라서, 여유가 없어서 제 자신 말고는 눈에 뵈는 게 없었어요. 사신이 죽음을 선고했을 때 전 이대로 끝내고 싶지 않아……, 아무것도 얻지 못하고 텅 빈 채로 죽고 싶지 않다고 생각했어요. 그래서 사신한테 힘을 빌리면서까지 선배와 맺어지길 바랐는데—."

요시타니가 자조했다. 그녀의 표정에 그늘이 어둡게 드리워졌다.

"지금은 굉장히 이기적이었고, 잔인한 짓을 저질렀다는

걸 잘 알아요. 만약에 선배가 제 마음을 받아줘서 연인 사이가 되었더라도…… 전 선배를 놔두고서 금세 죽어버릴 테니까."

"실제로는 내가 요시타니보다 먼저 죽으니 그런 걱정은 할 필요가 없는데?"

"……그건 결과론이에요. 선배의 마음을 위했다면 7일 뒤에 죽는다는 소리를 들었을 때 깨끗하게 포기했어야 했어요. 하지만 무리였어요. 같은 처지임에도 선배는 절 생각해줬는데…… 전 자기 생각만. 정말로 죄송해요, 선배."

요시타니가 고개를 푹 숙이고서 거듭 사과했다.

나는 "……괜찮아" 하고 웃으면서 요시타니의 머리에 손을 올려뒀다. 나에게 고백하기 위해서 아침부터 미용실에 가서 염색했던 부드러운 갈색 머리칼을 쓰다듬으며 말했다.

"그만큼 날 좋아해줬던 거지? 처음에 고백받았을 때 기뻤던 건 사실이야. 뭐, 여러 사정들이 있어서 응해줄 수는 없었지만."

"……. 저기요, 하타노 선배."

요시타니가 표정을 감추듯 고개를 숙인 채로 나를 불렀다.

"그때 만약에 선배가 머지않아 죽는다는 사실을 몰랐고, 사신소녀— 쿄우카 씨와도 만나지 않았더라면. 선배는, 제 마음에 응해 주셨을까요?"

그녀의 물음에 나는 순간 망설이다가 대답했다.

"……응. 분명히."

요시타니가 숨을 삼킨 것이 느껴졌다. 굳게 다물었던 그녀의 입술이 웃는 형태로 풀어졌다.

"그런, 가요……. 아하."

앞머리에 가려진 눈가에서 눈물 한 줄기가 뺨을 타고서 흘러내렸다. 요시타니는 한동안 침묵하다가 작은 목소리로 불쑥 중얼거렸다.

"그럼 아마도 제 사인(死因)은 사고가 아니라…… 자살일 거예요."

"—자살?"

나는 요시타니의 입에서 튀어나온 흉흉한 단어에 미간을 찡그렸다.

"요시타니가 죽게 되는 이유는 교통사고지? 그럼 스스로 뛰어들어서 차에 치였다는 거야? 근데 왜……."

"선배가, 죽어버렸기 때문이에요."

내가 묻자 요시타니가 그렇게 대답하고서 평온한 목소리로 말을 이었다.

"제가 쿄우카 씨를 죽이려고 했을 때 선배가 그랬죠……. 쿄우카 씨가 없는 인생 따윈 무가치하니 끝나도 상관없다— 끝내는 편이 낫다고. 그 말을 들은 순간, 전 왠지 굉장히 공감이 됐어요. 만약에 제가 선배를 잃어 버린다면 분명 그렇게 느끼겠지, 하고……. 그리고 동시에 깨달았어요. 선배가 얼마나 쿄우카 씨를 좋아하는지도. 그래서 저도 선선히 포기할 수 있었던 것 같아요. 그 뒤에 취했던 행동은 스스로 생각해도 잔인했지만."

스스로 찔렀던 배를 매만지며 요시타니가 쓴웃음을 지었다.

나는 "……그러네" 하고 한숨을 내뱉고서 지금은 이미 잃어버린, 그러나 확실히 존재했을지도 모를 시간을 생각했다.

나는 요시타니와 연인 사이가 되어 평범하지만 나름대로 행복한 나날을 보내다가— 일주일 뒤에 무차별 살인마와 만나 어이없어 죽는다. 그리고 그 이튿날에 요시타니는 나를 잃었다는 현실에 절망하고서 스스로 목숨을 끊어버린다.

내 입장에서 그 인생은 비극일 뿐이었다.

그러나 요시타니에게는…….

"만약에 미래에……, 아하하. 설령 자살로 끝나 버릴지라도 전…… 그래도 전 선배랑, 맺어지고 싶었어요."

"……. 그랬구나."

억누를 수 없는 마음을 토로하고서 요시타니가 오열했다. 조용한 병실 안에서 나는 아무 말 없이 그녀를 지켜봤다. 그녀가 감정을 추스르기를 기다렸다.

"죄, 죄송해요. 제가 또 선배한테 쓸데없이 민폐를 끼치고, 시간을 낭비케……."

이윽고 진정된 요시타니가 내가 건네준 티슈로 눈물을 훔치면서 사과했다. 그러고는 비로소 깨달았다는 듯 화들짝 놀랐다.

"시간? 앗─ 지금 몇 시죠, 선배?! 서, 선배가 사망하는 시각이……."

"내가 사고로 죽는 시각은 5월 1일 22시 50분 38초야."

"어?! 2, 22시……."

요시타니가 쳐져 있는 커튼을 바라봤다. 그 틈새로 새어 드는 환한 햇빛은 지금이 밤이 아님을 보여줬다. 요시타니가 당황하여 부산을 떨었다.

"죄, 죄죄죄, 죄송해요, 선배! 제가, 선배의 귀중한 시간을…… 아아아?! 저, 전 이제 괜찮으니 선배는 부디 본인을 위해서 남은 시간을 써─."

"진정해. 괜찮으니까."

나는 쓴웃음을 짓고서 바지 주머니에서 시계를 대신해 스마트폰을 꺼냈다. 시각과 날짜가 표시된 화면을 내보이며 말해줬다.

"현재 시각은 14시 12분. 5월 2일, 14시 12분이야. 난 이미 한나절 전에 사망했어……. 원래대로라면."

◇

"─어? 보류?"

내가 쿄우카에게 그 이야기를 들은 때는 5월 1일 20시 반 전이었다.

자택 인근 패밀리 레스토랑에서 약 19시간 만에 재회한 쿄우카와 세 시간도 채 남지 않은 인생을 만끽하려고 했을 때였다. 쿄우카가 "예" 하고 수긍하고서 검 시럽과 연유를 네 개씩 넣은 지독하게 달콤한 아이스티를 마셨다.

"어젯밤에 케이와 헤어진 뒤에 전 사신계에 가서 이번 소동에 관해 설명하고 보고했습니다. 그리고 사정청취도 받았죠……. 그 결과, 이번에는 우리 사신 쪽에 과실이 있다는 판단이 내려졌습니다. 이번 사건으로 막대한 불편을 겪었을 대상자— 케이와 요시타니 카스미 씨의 죽음은 보류, 즉『미루기』로 결정했습니다. 이번에 정말로 죄송했습니다."

쿄우카가 감정이 별로 실리지 않은 목소리로 사죄하고서 고개를 깊이 숙였다. 나는 "어, 그래……" 하고 당혹하며 넋을 살짝 잃은 상태에서 물었다.

"미룬다는 건 즉, 저기…… 나, 안 죽어?"

"예. 적어도, 현재로서는."

"앞으로 두 시간하고도 20분이 지나더라도?"

"예. 난 케이를 죽이지 않을 거고, 케이도 죽지 않습니다."

"……진짜?"

"진짭니다."

쿄우카가 무표정한 채로 고개를 끄덕였다. 나는 한동안 경직됐다.

"—그게 진짜야?!"

이내 나는 벌떡 일어서며 가게 안이 다 떠나가라 큰소리로 외쳤다. 안에 있던 사람들의 시선이 일제히 나에게로 꽂혔다. 나는 슬그머니 다시 앉아서 커피를 조용히 홀짝였다.

"……미, 미안. 너무 놀랍고, 너무 기뻐서."

"무리도 아니죠."

쿄우카가 차가운 태도로 말하고서 주변 시선을 아랑곳 않고 말을 이었다.

"저도 처음에 케이와 요시타니 씨의 죽음을 보류하겠다는 소리를 들었을 때 귀를 의심했으니까……. 그리고 무심코 물었습니다. 왜냐고요. 이미 결정된『죽음의 운명』은 쉽사리 뒤집어도 되는 것이 아닙니다. 인간의 죽음과 영혼을 관리하는 사신이 그렇게 대응하는 건 지극히 드물어서 도무지 믿기지가 않았어요."

"……그렇겠지. 인간의 삶과 죽음은 꽤 엄격하게 다뤄지는 것 같으니까. 나와 요시타니가 캠페인 대상자로 뽑힌 이유도『죽음을 미리 알더라도 타인의 생사에 영향을 끼치지 않기 때문』이었지?"

"예. 지위가 높은 사신 분들은『인간의 죽음에 관한 미래』를 볼 수가 있는데, 그로부터 얻어낸 정보를 바탕으로 대상자를 선출했다고 합니다만……."

만약에 미래를 정확히 알 수 있다면 이런 일이 벌어지리라는 것도 사전에 알았을 것이다. 내가 그렇게 묻자 쿄우카가 "아뇨" 하고 고개를 가로저었다.

"미래시(未來視)는 정확했다고 합니다. 다만 그건 우리 사신이 관여하지 않은 미래인데……. 요컨대『우리 사신이 관

여함으로써 발생하는 여러 영향』을 간과한 듯합니다. 그런
의미에서는 역시나 케이의 말대로 얕잡아본 거겠죠. 그 값
은 달게 받아야 할 겁니다. 이 아이스티만큼이나."

"그건 너무 달잖아."

"……예, 너무 달아요."

다음부터는 세 개씩만 넣어야지—, 하고 중얼거리고서 쿄
우카가 잔을 비웠다. 검 시럽을 세 개를 넣어도 여전히 달
콤할 것 같지만 쿄우카의 취향이다. 아무 말도 하지 말자.

나는 아직 녹지 않은 얼음을 빨대로 갖고 노는 쿄우카에
게 물었다.

"여러 영향이란 그걸 말하는 건가……. 내가 쿄우카한테
사랑에 빠졌고, 쿄우카도 그에 응해줬던 것?"

"그렇죠. 우리 사신의 대부분은 감정이 거의 없으니까요.
케이가 날 어떻게 생각하든 내가 케이를 특별히 생각하지 않
았다면 아무 문제도 없었습니다. 그러나 현실은 달랐어요."

쿄우카의 눈동자가 나를 쳐다봤다. 처음 만났을 적에는
무표정하고, 유리처럼 무기질적이었던 눈동자에 지금은 부
드러운 빛이 깃들었다.

"전 케이한테 호감을 품었고…… 이대로 줄곧 함께하고
싶다, 함께 살고 싶다고 생각하기 시작했어요. 그래서 여러
가지가 바뀌고 말았습니다."

"그렇겠지……."

만약에 쿄우카가 내 마음을 받아주지 않았다면 나는 카시

코지마에 가지 않았을 테고, 전망대에서 요시타니가 다시 고백했을 때 다른 대답을 들려 줬을지도 모른다.

그것 말고도 쿄우카의 감정이 더 희박했다면, 마음을 움직여 주지 않았다면⋯⋯. 결정적인 장면들이 여러 개나 떠올랐다.

"그리고 그런 사신의 『변화』는 저한테만 벌어진 게 아니었어요. 요시타니 카스미 씨를 맡았던 사신─ 쿠요우 씨도 그녀한테 사신답지 않은 감정을 품었습니다."

"⋯⋯그 사신이? 그거 의외네."

어젯밤만 놓고 보면 쿠요우는 쿄우카에게 별다른 관심도 갖지 않았고, 요시타니와의 관계도 썩 좋지 않았던 것 같았는데.

"아마도 표정으로 드러내지 않았겠죠. 그가 작성했던 보고서에는 요시타니 카스미 씨를 향한 연민과 동정, 그녀의 소원을 들어주고 싶다는 감정이 은근히 담겼다고 하더군요."

"연민과 동정이라⋯⋯."

나와 맺어지고 싶어 하는 이룰 수 없는 짝사랑. 요시타니의 담당 사신인 쿠요우는 닥쳐오는 죽음의 공포와 이룰 수 없는 사랑에 절망하고 아파하던 그녀를 가장 가까이서 봐왔겠지. 요시타니가 얼마나 정신적으로 내몰렸는지는 어젯밤 사건만 돌이켜봐도 절절히 전해졌다.

"그렇지 않다면 『인간의 생사에 관한 소원은 금지됐지만, 사신의 생사에 관한 소원은 금지되지 않았다』 같은 억지논리를 대면서 그런 흉기를 빌려줬을 리가 없어요."

"……그렇네. 사신 쪽에서는 그것도 예상하지 못했구나."

"예. 뭐, 빌려준 나이프로 설마 자신을 찌를 줄은 쿠요우 씨도 예상하지 못했을 테지만. 역시 불쌍하네요."

"맞아……."

그것이야말로 연민과 동정을 금할 수가 없다. 사신을 달갑지 않게 여기는 요시타니와 감정을 겉으로 드러내지 않는 쿠요우가 잘 맞물리지 않아서 벌어진 비극이다.

"다행히도, 쿠요우 녀석은 무사하다지?"

"예. 칼날이 깊숙이 헤집어놓은 상처와 열심히 응원했던 여성이 자신을 찔렀다는 정신적인 충격 때문에 아직도 휴양 중입니다만."

"……화해했으면 좋겠네."

"그러길 절실히 바랍니다. 요시타니 카스미 씨가 깨어나거든 쿠요우 씨가 쓴 보고서를 꼭 읽어 봤으면 좋겠네요."

"그러게. 요시타니의 상태가 걱정스럽긴 한데……."

"그건 괜찮지 않을까 싶은데요? 복부를 한 번 찌른 것 정도로는 치명상에 이르지는 않아요. 가까운 시일에 의식을 되찾을 테고, 수명도 기껏해야 몇 년쯤 줄어들겠죠. 원래라면 내일 중에 죽을 운명이니 기쁜 일이죠."

쿄우카가 선뜻 내뱉고서 음침하게 뺨을 콱 일그러뜨렸다. 이런 때 짓는 저 웃음은 7일이 지났는데도 여전히 지독했다.

"—반대로 말하자면. 만약에 죽음이 미뤄지지 않았다면

그녀는 의식을 잃은 채로 다른 사신의 손에 목숨을 빼앗겼을지도 모른다는 소립니다."

쿄우카가 다시 진지한 표정을 짓고서 진지한 말투로 덧붙였다.

"예전에도 말했듯이 『미련을 털어내고서 후련하게 성불하자 캠페인』을 실시한 목적은 대상자한테 죽음을 미리 선고하여 여생을 유의미하게 보낼 수 있도록 해주자는 것이었습니다. 그러니 그런 최후를 맞이한다면 대상자가 너무 가엾어요. 케이도 어젯밤 소동 때문에 귀중한 시간을 빼앗겼잖아요."

"그렇지. 최후의 시간을 함께 보내고 싶었던 쿄우카하고도 거의 하루나 떨어뜨려 놨으니까……. 솔직히 여생을 즐길 상황이 아니었어."

—어젯밤에 구급차가 현장에 도착하기 전.

나는 혼자서 요시타니를 돌보기로 하고서 쿄우카에게 혼절한 쿠요우를 데리고서 사신계로 돌아가라고 부탁했다. 인간이 아니라서 신분도 증명할 수 없는 쿄우카와 쿠요우가 함께 있으면 여러모로 성가신 일들이 벌어질 것 같아서였다.

내가 제안하자 쿄우카는 알겠다고 대답하고서 흉기인 나이프를 회수한 뒤 모습을 감췄다. 나는 그대로 요시타니와 가까운 병원으로 향했다.

구급대원에게는 『평범하게 대화를 나누던 중에 요시타니가 갑자기 의식을 잃고 쓰러져버렸다』라고 설명했다. 실려

간 병원에서 여러 검사를 진행했지만 당연히 원인은 불명.

사신 나이프에 영혼이 다쳐버린 요시타니는 좀처럼 의식을 차리지 못했다. 그녀의 가족이 달려오기 전까지 나는 그녀 곁에 계속 붙어 있었다.

그리고 병원 면회 시각이 끝나기 직전인 20시 전에 드디어 쿄우카가 사신계에서 귀환했다. 그리고 이 패밀리 레스토랑에 앉아서— 여러 이야기를 듣게 됐다.

나는 오늘 전부 소화할 예정이었던 『죽기 전에 해두고 싶은 것 리스트』 중 몇몇 항목도 제대로 해결하지 못했다. 이대로 두 시간쯤 뒤에 인생이 종료됐다면 실로 후련하지 않은 최후를 맞이했을지도 모르겠다.

"……또한 이번 캠페인에는 『대상자의 미련을 털어내는 것』 이외에 또 다른 의도가 있었던 모양입니다."

—다른 의도. 그것은 내가 전부터 마음에 걸렸던 것이었다.

죽음을 미리 알려줬을 때 벌어질 수 있는 온갖 문제들, 그 위험성을 감수하면서까지 사신계에서 캠페인을 실시한 이유. 그것은—.

"인간과 접하고 그 최후에 관여함으로써 영혼 회수를 그저 단순한 작업처럼 여기던 사신의 마음속에 『죽음을 애석해하는 마음』을 기른다."

"죽음을 애석해하는 마음……."

"예. 케이와 접촉하고, 교류하기 전까지 전 회수해 온 영혼이나 대상자인 인간에 대해 아무것도 느끼지 않았습니다……. 인간이 죽는 현장에 가서 그 최후를 지켜본 뒤에 육체에서 영혼을 회수하여 돌아가기만 했으니까."

"그야말로 작업이네."

"……예. 하지만 케이와 얽힌 뒤로 그 작업에 변화가 나타나기 시작했습니다. 인간의 죽음을 접했을 때 지금껏 전혀 움직이지 않았던 마음이 조금씩 흔들리는 걸 느꼈어요. 단순한 사물에 불과했던 영혼이 묘하게 무겁게 느껴졌고, 그것을 영계로 보내는 임무를 수행하면서 긴장감이나 책임감 같은 감정이 싹트기 시작했어요. 결정적인 사건은 어젯밤에 케이한테 들려줬던 젊은 남녀의 최후였죠. 그땐 정말로 마음이 아팠으니까……."

쿄우카가 가슴에 손을 대고서 고개를 떨궜다. 그러고는 불쑥 중얼거렸다.

"그『아픔』이 바로 죽음을『애석해하는』감정이며— 인간의 목숨을 다루는 우리 사신한테는 잊어서는 안 되는 소중한 긍지임을 배웠습니다. 케이가 알려준 거예요."

"……그래."

쿄우카가 나를 바라보며 미소를 살짝 짓자 나도 미소로 화답했다. 마음에 걸렸던 가시 같은 의문이 쑥 빠진 것 같았다.

"즉, 사신계에서는 애초부터 쿄우카를 비롯한 사신이『변화』하길 어느 정도 기대했던 거구나. 하지만 그 변화가 상상 이상으로 컸기에……."

"예. 이번 같은 문제가 벌어졌죠. 케이랑 요시타니 카스미 씨의 죽음이 밀접하게 연관됐음을 사신계가 제대로 파악하지 못한 것도 원인 중 하나입니다."

"그렇구나. 여러 가지가 겹치고 겹쳐서 생긴 결과구나."

요시타니의 죽음은 사인만 놓고 보면 단순한 교통사고다. 미래를 읽을 수는 있어도 마음속까지는 들여다볼 수 없을 테니 사신이 관여했을 때 그 미래에 어떤 영향을 끼칠지 예상하지 못했겠지.

그 점은 역시나 사신계의 판단력이 어설펐다고 여길 수밖에 없겠다.

"─그래서 지금껏 거론했던 이유들 때문에 이번에는 정해진 죽음의 운명에 반하여 대상자의 죽음을 『보류』하는, 이례적인 조치가 취해졌습니다. 그리고 마지막으로 전해야만 하는 중요한 내용이 하나 있습니다."

"뭐야. 아직도 뭐가 더 남았어……."

"예. 좋은 얘기가."

"좋은 얘기?"

나는 왠지 쿄우카와 처음으로 패밀리 레스토랑에 왔던 밤에도 비슷한 대화를 주고받았던 것 같은 기시감을 느끼면서 되물었다.

쿄우카가 "예" 하고 진지한 얼굴로 수긍하고서 몸을 앞으로 기울였다. 꽃 같은 달콤한 향기가 코끝을 간질였다.

내가 침을 꿀꺽 삼키자 쿄우카가 무표정한 얼굴로 고했다.

"그게 말이죠. 케이―."

◇

"……또 보자, 요시타니. 앞으로는 쿠요우 녀석하고도 잘
지내기야?"

나는 요시타니에게 모든 전말을 들려준 뒤 쿄우카가 맡긴
쿠요우의 보고서를 건넸다. 그러고는 간호사를 비롯한 병
원 직원들과 교대하듯 병실을 나갔다.

쿠요우의 속내를 알고서 요시타니는 경악했고, 자신이 그
에게 저질렀던 행동을 깊이 후회했다. 그 모습을 보니 걱정
할 필요는 없을 것 같았다.

현재 시각은 14시 45분. 나는 스마트폰으로 시간을 확인하
는 김에 인터넷을 켜서 뉴스를 가볍게 훑어봤다. 그러자―.

"앗."

어젯밤 23시께에 내 자취방이 있는 나고야시 메이토구에
서 나이프를 든 남자에게 습격당한 남성이 호신술로 멋지게
반격하여 경찰에게 넘겼다는 기사를 발견했다.

(―그랬구나. 날 죽일 예정이었던 녀석이 확실히 붙잡혔
구나…….)

그 사실을 깨달은 순간, 안도의 한숨이 흘러나왔다. 나는
스마트폰을 주머니에 넣고서 푸르른 하늘 아래, 가로수가
우거진 인도를 천천히 걸어 나갔다. 인근 역을 향해서.

나 혼자는 아니다. 정신을 차려보니 내 옆에는 마치 처음부터 있었던 것처럼 쿄우카의 모습이 있었다. 그녀가 인사도 하지 않고 선뜻 말을 걸었다.

"요시타니 카스미 씨가 무사히 깨어나서 다행이네요."

"……맞아. 몸에도 별 이상이 없다고 해서 안심했어."

나는 내심 놀라면서도 태연하게 응답했다. 그러고는 나란히 걷는 쿄우카의 무표정한 옆얼굴을 들여다봤다.

"언제부터 있었어?"

"케이가 그녀를 울렸을 때부터요."

"우, 울리다니…… 듣기가 민망하네. 뭐, 확실히 울리긴 했지만."

돌이켜보니 요 며칠 동안 요시타니에게는 괴로움만 안겨주고 말았다.

그 죄책감은 아직도 불식되지 않았다. 한번 망가져 버린 나와 요시타니의 관계가 앞으로 어떻게 될지도 현재로서는 모르겠다.

다만 앞으로 찾아올 요시타니의 미래가 『잃어버린 나와의 시간』보다 훨씬 행복하기를 바랐다.

"―그나저나 쿄우카, 일은 괜찮아? 오늘부터 또 평소처럼 영혼 회수 작업이 예정됐지?"

"예. 그렇긴 하지만 문제는 없습니다. 다음 일정은 16시 이후라서요……. 케이랑 함께 3시의 간식을 즐길 만한 시간은 있을 텐데요?"

"그래? 그럼 괜찮겠네."

"예. 간식으로 파르페를 희망합니다."

"파르페? 딱히 상관없다만, 어젯밤 패밀리 레스토랑에서 먹지 않았나……."

"그래도 먹고 싶어요. 전 파르페가 무척 마음에 들거든요. 설령 매일 먹더라도 입에 물리지 않을 거예요."

"하하……."

"케이랑 똑같아요."

쿄우카가 중얼거리고서 내 손을 잡았다. 그러고는 눈을 치뜨고서 나를 올려다봤다.

"케이랑은 아무리 함께 있어도 질리지 않고 즐겁기만 하니까. 앞으로도 잘 부탁할게요?"

그녀가 눈부시게 아름다운 눈웃음을 지었다.

나는 가로수 잎들을 투과하며 쏟아지는 따뜻한 오월의 햇살을 쬐면서 쿄우카의 차갑고 부드러운 손을 쥐고서 대답했다.

"그래. 나야말로."

행복감이 치밀어 올랐다. 정해졌던 죽음이 보류되어 내 수명이 늘어난 것보다— 쿄우카와의 관계가 앞으로도 변함없이 이어진다는 것이 지금은 그저 행복했다.

『전 앞으로도 케이의 담당 사신으로서 미뤄진 죽음이 어떤 영향을 끼치지 않는지 눈빛을 번뜩이며 당신을 감시하라는 상부의 명령을 받았어요.』

어젯밤. 쿄우카는 나에게 『좋은 얘기』라고 운을 떼면서 그렇게 말했다.

사신계에서는 특별한 허가나 이유가 없는 한 사신이 인간과 접촉하는 게 금지됐다고 한다. 즉 그 명령이 없었다면 쿄우카와 두 번 다시 만나지 못했을지도 모른다.

그것은 그야말로 좋은 이야기였다. 쿄우카는 앞으로도 감시라는 명목으로 내 곁을 찾아와 다양한 처음을 체험해 나가고 싶다고 했다. 다만…….

"캠페인 중에 휴가를 너무 많이 쓴 바람에 한동안은 바빠서 시간을 별로 낼 수 없다는 게 안타깝네요. 더 함께 있고 싶은데……."

"뭐, 그게 일이니까. 어쩔 수 없지……. 게다가 왠지 이런 식으로 시간이 날 때마다 틈틈이 만나는 것도 이건 이것대로 평범한 연인 같아서 좋아."

"연인……."

내가 흘린 단어에 반응하여 쿄우카가 걸음을 뚝 멈췄다. 그녀와 손을 맞잡은 나도 뒤늦게 발을 멈췄다.

"있잖아, 쿄우카."

나는 그녀를 돌아봤다. 투명한 눈동자를 바라보며 말했다.

"나랑 사귀어 주면 안 될까?"

그 말은 내가 쿄우카와 처음으로 만났던 밤에 했던 소원과 똑같았다. 그러나 의미는 전혀 달랐다. 쿄우카가 눈을 껌

삑이며 물었다.

"함께해 달라……. 그건『소원』인가요, 케이?"

"아니."

나는 고개를 살짝 가로젓고서 미소 지었다.

"내 남은 인생을 연인으로서 함께 해줄 수 있겠냐는—『고백』이야, 쿄우카. 가능하다면 내가 죽을 때가지 평생, 함께 해줬으면 좋겠어. 쿄우카랑 함께 살아가고 싶어. 그게 바로 내가 드디어 찾아낸 가장 하고 싶은 일이니까."

"……네?! 케이—."

쿄우카가 눈을 동그랗게 떴다. 놀라움이 가득 칠해졌던 얼굴이 서서히 풀어졌다.

"……예."

쿄우카가 웃었다. 그것은 그녀가 지금껏 종종 보여줬던 미소가 아니라 꽃이 활짝 핀 것 같은 아름다운 웃음이었다.

"—기꺼이."

저자 후기

안녕하세요. 미즈시로 미즈키입니다.
신작 『사신소녀와 최후의 첫사랑』을 보내드렸습니다.

이번 작품은 「죽음」을 소재로 한 연애물입니다.
죽음은 무겁고 우울하고 부정적인 이미지를 수반합니다
만, 이번 작품에서는 감히 가볍게, 분위기가 너무 심각해지
지 않도록 조심하면서 그려냈습니다. 여러분께서 그 밸런
스가 적절하게 잡힌 작품이구나, 하고 느끼셨다면 다행이
겠습니다.
세상을 달관한 청년의 최후, 무감정한 사신소녀와의 교류
를 부드럽게 즐겨주셨길 바라면서……

자, 이다음부터는 감사 인사를 올리도록 하겠습니다.
이번 작품을 집필할 때 여러모로 조언을 해주시고, 다듬
어주신 담당편집자 하라다 님.
이번 작품의 아이디어를 「재밌다」고 밀어 주시고, 골조가
되는 플롯을 짤 때 큰 도움을 주셨던 전 담당편집자 기부 님.
멋진 일러스트로 이 책을 꾸며주시고, 케이와 쿄우카 및
등장인물에게 「생명」을 불어넣어주신 일러스트레이터 시온
님. 음울하면서도 신선하고 아름다운 일러스트를 받아본
순간 제 머릿속에서 어렴풋했던 이 작품의 이미지와 분위기

가 정해지고, 상(象)이 뚜렷하게 맺힌 듯했습니다.

장정 작업에 관여해주신 디자이너님, 문장을 다듬어 주신 교정 담당자님, 이 책이 세상에 나올 수 있도록 힘써주신 출판사 각 부서 직원 분들께도 감사를 표합니다.

감사합니다.

마지막으로 이렇게 이 책을 구입해서 읽어주신 독자 여러분.

제가 소설가로서 이야기를 계속 쓸 수 있었던 것은 여러분들의 성원 덕분입니다. 감사합니다.

저는 등단한 뒤로 하렘 코미디, 다크 판타지, 요리물……, 절조 없이 여러 장르에 손을 댔습니다만, 앞으로도 쓰고 싶은 것을 써나가고 싶습니다.

그리고 독자 여러분께서 그 작품을 조금이라도 즐겨주신다면 더할 나위 없이 기쁘겠습니다.

바라건대 가까운 날에 다시 뵐 수 있길 바라겠습니다.

SHINIGAMI SHOJO TO SAIGO NO HATSUKOI
©Mizuki Mizushiro 2018
First published in Japan in 2018 by KADOKAWA CORPORATION, Tokyo.
Korean translation rights arranged with KADOKAWA CORPORATION, Tokyo.

사신소녀와 최후의 첫사랑

2023년 5월 1일 1판 1쇄 발행

저　　　자 미즈시로 미즈키
일 러 스 트 시온
옮 긴 이 박춘상
발 행 인 유재옥
본 부 장 조병권
담 당 편 집 정지원
편 집 1 팀 김준균 김혜연
편 집 2 팀 박치우 정영길 정지원 조찬희
편 집 3 팀 오준영 이해빈
편 집 4 팀 전태영 박소연
라이츠담당 김정미 맹미영 이윤서
디 지 털 박상섭 김지연
미　　　술 김보라 박민솔
발 행 처 ㈜소미미디어
인쇄제작처 ㈜코리아피앤피
등　　　록 제2015-000008호
주　　　소 서울시 마포구 토정로222, 403호 (신수동, 한국출판콘텐츠센터)
판　　　매 ㈜소미미디어
영　　　업 박종욱
마 케 팅 한민지 최원석 박수진 최정연
물　　　류 백철기 허석용
전　　　화 (02)567-3388, Fax (02)322-7665

ISBN 979-11-384-3610-6 (04830)
ISBN 979-11-384-3609-0 (세트)